朱士玉散文集

且行且思

朱士玉 著

·南京·

图书在版编目(CIP)数据

且行且思：朱士玉散文集 / 朱士玉著. — 南京：东南大学出版社,2022.9
 ISBN 978-7-5766-0217-3

Ⅰ.①且… Ⅱ.①朱… Ⅲ.①散文集-中国-当代 Ⅳ.①I267

中国版本图书馆 CIP 数据核字(2022)第 152304 号

责任编辑：张丽萍　责任校对：子雪莲　封面设计：王　玥　责任印制：周荣虎

且行且思 Qie Xing Qie Si

著　　者	朱士玉
出版发行	东南大学出版社
社　　址	南京市四牌楼 2 号(邮编：210096　电话：025-83793330)
网　　址	http://www.seupress.com
电子邮箱	press@seupress.com
经　　销	全国各地新华书店
印　　刷	南京凯德印刷有限公司
开　　本	700mm×1000mm　1/16
印　　张	7.75
字　　数	116 千字
版　　次	2022 年 9 月第 1 版
印　　次	2022 年 9 月第 1 次印刷
书　　号	ISBN 978-7-5766-0217-3
定　　价	32.00 元

本社图书若有印装质量问题，请直接与营销部联系，电话：025-83791830。

自 序

12岁以前的我没离开过生养我的那方水土,就以为天就是倒映在清澈喜人的家乡湖——白马湖中的天。没有更远的涉足,故一切都单纯、明朗、无虑。

小学三年级时,外公给我开蒙的第一首诗是王维的"君自故乡来,应知故乡事。来日绮窗前,寒梅著花未"。读这首诗的味道就是《外公》一文中所忆:刚有点开蒙的我隐隐约约感受到一些深沉的东西、诗外的韵味,就好像是远望乡村墟落,那一缕炊烟袅袅升起的那种感觉吧。"日暮乡关何处是",那时的我在朦胧中有了走出家乡、走向他乡的丝丝念想。

那时对我们全家来说,来自外面最快乐的事是,每年夏天姨奶和姨爹从上海回来探亲度夏住在我们家,他们带来的各样东西,即使是旧的衣服、鞋子,我们都觉得闻起来有大城市特殊的味道。和姨爹在河塘边垂钓,听他讲从老家逃荒到上海,吃尽苦头,如何扎根下来的近乎于"阿甘"的经历。那时心中就有了一个"大上海"的梦,希望有一天能追踪寻觅祖辈父辈的足迹。

初中毕业前,我还是几乎未能走出这乡土,记忆中仅去过两次县城,第一次是跟着父亲去的,觉得比我们的小镇热闹新鲜多了,印象最深的是看了一场电影,还有就是在电影院旁吃了有名的金陵汤包,其滋味之甘美于童年时大有不复天享之感。后来走出去又回来的人生旅程中,美食似乎与我有缠绕不去的记忆和缘分,我的杂味的散文集中有多篇涉及美食美味的文章,可能起于那一次甘饴的汤包之享吧!"美"字本是会意字,古人以"羊大为美",因此"美"的最原始的意义是美食之美，后来延伸为风景之美、容颜之美、艺术之美等等，从物质到精神，边走边享边品的行程中，"各美其美"和"美美与共"交织一起构成的人类文化图景和内蕴一直没有变，一如我的《那碗面》结末的感悟：或许这千年古城、悠悠运河淘漉出来的，并没有最好的那一碗面条，而只有每个人最喜欢的一碗面条。

第二次到县城是因为参加全县作文竞赛，我这个土不拉几的农村孩子竟然获得一等奖，当得到喜讯时，那时心中的甜美已超越"金陵汤包"的滋味了。后来总结我之所以获奖，原因有二，一是有点文化的外公和父亲给了我一点古诗文的功底，写起来自然多了一点文采吧；再则是母爱之化，当时我到县城参赛前，连副像样的鞋子都没有，于是母亲连续几夜给我赶做了一双新布鞋。当穿着舒适的布鞋走进赛场，拿到作文题，就一个字"爱"，眼前顿时浮现母亲在灯下为我做鞋的情景，于是铺纸挥笔，在开头写下，"当我一看到作文题《爱》时，我的眼前不由得浮现出临行前母亲在灯下为我纳鞋的情景，一股爱的涓涓细流在心头流淌。"以后我就是穿着母亲的"千层底"，走出家门，去丈量这个世界。这就是中国人的传统，代代割不断的情愫，我们不管走多远，如何成就自己，都是带着"念亲恩、报亲恩"的感情一路前行的。

以后的经历就是平常人的经历，负笈求学，成家立业，也行有万里，纵浪大化中，碌碌半生，无大用亦无大为，但所幸心中始终珍藏家乡白马湖上的一轮秋月，不求湖广，而求其清；不求月圆，而求其明。半百年纪，以八十寿计，人生的下半场也已过了四分之一，厚度也有了一点，就如那品质一般的酒，藏它个十年、二十年，也会因为岁月的沉淀而醇厚，自然地发出丝丝幽香。我就是那一般品质的酒啊，这个年纪，走了不少的路，交了不少的人，也读了一些书，经历了一些坎坷离愁，自然会有些感思、感慨、感悟，涌上心头的东西多了，就有一种下笔的冲动，似乎又回到年少作文获奖的情景。于是就有了我的"世玉新语"的公众号，有了60多篇的随感，有了现在的这个名曰《且行且思》

的集子，而完整的散文集，是必须要有个序的，这个序如何写？思来想去，觉得还是从杂然纷呈的篇目中去找找"魂"吧，搜寻那最能表达我的心迹、体悟的关键词。

我的首选关键词是"宽容"。我半生钟爱《红楼梦》，上大学时认真读过周汝昌的《红楼梦新证》。《红楼梦》赋予我们的东西太多了，中年再读，能读出的最大体会恰是蒋勋所言"处处是宽容"，而这种"宽容"的品质集中在贾宝玉的身上，润透于那些细节的真实中，也落在我的笔下的思考。"宽容"首先是一种做人的美德，不只是肚里能撑船的"宰相们"被称道的，那些普通人，如我的与世无争、"仁而寿"的外公，"上顾老、下顾小"的母亲，和睦乡里、受人尊敬的父亲，他们不仅给了我生命，更给了做人的尺度，如何适人而后适己。为政者的"宽容"更具有示范和引领意义，我的笔下对历史人物的呈现多立足于此，有"伟大的中和者"周恩来，有容忍面诤、仁治天下的宋仁宗，有举贤任能、调和上下的萧何、房玄龄、李善长等等，当然也有对我佩服的本家皇帝朱元璋不够宽容的讽劝："毕竟有收还有放，放宽些子又何妨？"

宽容文化的形成是建设和谐社会的大道，我的家乡古城淮安位于南北交汇之地，我经常驻足缱绻于里运河、文庙、清江浦等历史遗迹，忆昔当年九省通衢、运河之都的繁荣，当年此地儒、释、道、伊斯兰、基督教五教并行不悖，文化的包容是其一大特质，也是形成洋洋大观的内源。今日淮安，以"包容天下"为城市精神，让我们这些生生不息于此的子民又看到了重塑"运河之都"令名的希望，我的笔下还写过婉约和豪放并蓄的杭州、清雅和刚健一体的扬州，等等，那些曾经煌煌于世、留下厚重历史积淀的城市一定是开放的、宽容的城市。

"宽容则个"，是深受儒家文化影响的我的心经。有了这样的"心经"，我会深恶恃强凌弱，反对"舍我其谁"的排他文化和"非此即彼"的极端文化，有揭示也有委婉的批评；会同情弱者，会看到普通人的"光点"，我会为杨贵妃正名，道出梁红玉、李香君、柳如是、小凤仙等等出身微贱女子身上为男子不具备的高洁品质，会为一座古桥上一行"愿人常行好事"感动不已。我喜欢城市的烟火气，流于笔下的经常是静处、掩映在城市一角的一个亭子、一座古庙、一个祠堂、一个饭铺、一个书店等等，那里往往最有人气，也是城市历史和现实交汇最值得品味的地方。

　　我喜欢安静，唯一的一次出国是到英国，最深的感受是今天的英国人已从昔日的辉煌中归宁，到过牛津和剑桥，这种感受会更深，但内心觉得这是读书的好环境。我们出国培训的地点在泰晤士河畔的东伦敦大学，学校河对面就是伦敦城市机场，每小时都有飞机起落，但身处其中，没感到有噪杂，相反，学校以有这个机场靠在身边为荣，给我们学员的结业礼物上有飞机掠过机场的画面。"大隐隐于市"，唯有内心的宁静，才会有多元的接纳和宽容，才会有在各种风浪中"不喜亦不惧"的淡定。这种"安静"也会带到对教育的一种评价和期待，我们的教育是不是不够安静、浮躁了一点、功利了一点？"风声、雨声、读书声，声声入耳"，中国古代的书院生活，是不是有些环境和精神元素可以融入到我们今天的学校生活中？按照一个标准去建构校园文化环境，是不是单调了一点，没了个性？

　　且行且思，更年青的时候，更多是将"行"理解为"行万里路""行者无疆"的"行"，因此渴望走出家乡、走出白马湖，在行走中感受快意人生。后来渐行渐思中感悟到，真正的"行"不只是身体在物理空间的移动、振作，还包含更高意义上的"精神的运动"，或许就是古人所说的，虽静处斗室，亦可神游八极。不然为什么康德终生几乎没有走出哥尼斯堡，而成为人类最伟大的思想家之一？

　　越到中年，越喜欢营造属于自己的那间书房，这里你是自由的，"寂寂寥寥扬子居，年年岁岁一床书。"蜗居书房，人单影只，与书相伴，并不寂寥。

　　人生的下半场，继续且行且思，我思故我在。

目 录

001 / 那碗面
004 / 外公
006 / 父亲的背影
008 / 写在清明
011 / 二圩渔场的变迁
014 / 《爱的故事》序
016 / 我的英伦结业典礼致辞
018 / 走出去动起来
023 / 那一汪清凌凌的湖水
025 / 不失去那淋漓元气
027 / 味道的味道
030 / 还是那牛肉汤
033 / 我读吴晗
036 / 一生俯首拜阳明
039 / 愿做长风绕战旗
040 / 虎气和猴气
043 / 永远的黄炎培

045 / 杭州吟
047 / 月在扬州　心在扬州
049 / 溧阳和溧阳中专印象
053 / 仁宗之仁
055 / 为君国谋长远
057 / 疫考心得
059 / 王安石的原富观
061 / 古淮河边
063 / 最忆清江浦
066 / 百年再约
068 / 人生二题
071 / 西游随谈
075 / 学学王熙凤式管理
077 / 新旅精神之体悟
079 / 度善古桥
080 / 该支持什么样的民办学校？
081 / 抚今追昔话部长

085 / 无界之界

087 / 觉醒年代

088 / 中国力量

089 / 致中和

092 / 良工不示人以朴

094 / 今又重阳

096 / 三联书缘

099 / 波动清涟濯月心

102 / 教育需要安静、持续、科学

104 / 宽容则个

106 / 无名面馆

108 / 不负如来不负卿

110 / 宦读人生

112 / 也谈足球

那碗面

有朋友推介，今早我特地到市区钵池山公园近旁的孙洋家手擀面吃面条。进得店里，客人不算多，很干净也安静。我第一次来，点的是他家最拿手的萝卜丝面，外加煨猪蹄。隔有十分钟还没上来，我催了一下，那个瘦削的、小巧玲珑的女店主笑着柔和地说：猪蹄要煨得很热才上口。

又过了三四分钟，终于上来了，看那碗中，面条浅浅地躺在汤里，汤面上漂着黑的木耳、绿的葱花、红的枸杞、黄的蛋皮，都有一些点，增添了色彩又不搅乱那白的细丝的萝卜主导的清淡的模样，尝一口面条，柔滑而有劲道，品一勺汤，鲜美而不失清爽。"莫放春秋佳日过，最难风雨故人来"，昨晚和回淮的老朋友喝点酒，尚有点酒气在，现在吃上这样的暖胃的、平气的汤面，一向味蕾指数较低的我，倒觉得不复有人间至美了。猪蹄也上来了，厚白的一只趴在圆盘里，褐色的生抽隐现其中，上面有一些碎的葱花，挑起一块，入口真是肥而不腻，和这汤面倒是绝配了，桌上还有一个黑的竹编的小箕篓，是用来倒猪蹄碎骨的。一个这样的面馆，闹中取静，若不是为果腹，倒也是享受清晨都市安逸的好去处。

淮安的面条是出了名的，大的、招牌响的有孙家面馆、风云面馆，其他分布于大街小巷的还有不少，也都各有特色和常年的客人，在我住的小区旁就有一家珍珍猪蹄面馆，二十来平方米的不大的一间简陋的门面，每天挤满了客人，有坐着大口吃着面条的，有站着等座位的，满屋的雾气腾腾，加上老板娘麻溜的动作，喝东到西的叫声，一条街的热闹在清早就是从这里开启的。每个人都有自己喜欢的一碗面条吧。孙家面馆有历史了，面条的菜料有几十种，但我觉得油腻了一点，口味偏重。风云面馆的面条我觉得碱重了一点。珍珍面馆对于慢性的我，觉得有点嘈杂，来不及细细品味那面条。市里也曾评选过"淮安十碗好面"，那是从口福之享评出的，而每个人的口福并不一样，没有最好的，只有你喜欢的，还有那个吃面的氛围，也各有所钟。不过场面上的朋友到淮安来，我还是会带他们到孙家面馆或风云面馆，那是一种客套和摆场，而与我有"心印"的好友，我更愿意一起到孙洋家这样的面馆安静享受那一碗面条，在东大街东头也有一家类似的面馆。

  美食之美，不只是味蕾的享受，也是精神上的愉悦和延续。文人的相知相会大都和吃有不解之缘。季羡林先生回忆和老舍的交往，一次是在济南老家的一位学长的家宴上，一次是建国后在北京召开的文化人的会，会后对北京忒熟的老舍先生带大家吃了西四砂锅居的白煮肉，让他毕生难忘。据说民国时期的那些戏坛名角大都钟情和留意于美食，京剧大师马连良先生有自己的厨子，时传能被马先生请到府上，一尝马家的鸡肉水饺、炸素羊尾，那在梨园是很大的荣幸和天大的口福，马先生对美食和做戏一样讲究，据说他常去北平爆肚冯清真馆吃那一道爆羊肚，那羊肚是从一只整羊中精取的，只有几钱肉，难怪时人说：马先生讲究吃精致到挑剔，而唱起戏来又挑剔到精致。看来美食和马先生的做人演戏已融到一起，浑然天成了。昆曲泰斗俞振飞喜欢甜品，独好一口冰糖煨猪蹄，而且隔三差五要亲自烹制，满足口福之享，等到他六十岁查出较为明显的糖尿病，医生让他断了这一口，他哪能割舍，不过改为一个月吃一次，大师一直活到八十九岁高龄。我一直以为昆曲在戏曲中是唱词和扮相最美的，俞先生的"冰糖煨猪蹄"是不是泽润了那段缠绵艳曲、那不老扮相？

"美"字来源于吃，古人以"羊大为美"。实际上美食之美与个人的身份、环境、情趣、品藻等相融而生，不全是舌尖上体验出的，同样是那只肥饴的猪蹄，在珍珍面馆的粗大碗中，在孙洋家的手擀面中，在俞振飞的家居砂锅中，是不一样的美，而又各美其美。或许这千年古城、悠悠运河淘漉出来的，并没有最好的那一碗面条，而只有每个人最喜欢的一碗面条，可能在孙家面馆、可能在珍珍面馆、可能在孙洋家手擀面，亦或可能在城市的哪个不经眼的一角。

或许，这座城市的内涵和个性正存在于让每个人都有属于自己喜欢的那碗面。

外公

外公去世已有四年多了,他去世时九十六高寿。有时不特意想起,觉得他还活着,还坐在躺椅里,手里捐着半旧的收音机,眯着一双近乎失明的眼睛,在听着淮剧、评书、养生之道什么的。

古人说:仁者寿。这正应了外公。从外相上看,他身材魁梧,头大,耳大,慈眉善目,一脸的佛相。我听闻的和我记忆中的外公,对人十分和善,几乎没见他动过怒,宁可自己吃亏,也不得罪人。他在五六十年代时做过大队会计,做账很仔细,也很清爽,他的那套古法量田,也是被大队一直用了好多年。地有肥薄,人也有善和不端之分,听母亲说过,那时和他一起做会计的人有一个不干净,为了掩盖糊涂账,故意纵火烧了会计室,旁观者有清楚的都没有去救火,唯独外公在别人认为有点犯傻,竟不顾火势,一人冲到室内,将还没有烧掉的账本抱了出来。听母亲说外公回来后,外婆和他狠狠吵了一架,但外公一直还是那个外公,公道、仁厚,人可负我,我不负人。

儿时,一放寒假,我是一路小跑到外公家,有时过年都不回家,实际两家距离也不过二里地。最开心的是过年前外公带着我和表弟一起到镇上赶集。一人2毛钱吧,在镇上那个老澡堂里洗个热腾腾的澡,擦去好多日子积下的污垢,一身的轻松,然后外公自己找人捶背,哼个小曲,给我和表弟一人2毛钱,到澡堂外的街上玩耍,买好吃的。记忆最深的还是南街上那家卖油端子的,面粉、萝卜丝做的,在油锅里一炸,端上来，油滋滋地，冒着香喷喷的热气，吃在嘴里，真是人间至美。又趁着赶集的热闹，满大街到处跑跑，累了，再回到澡堂，外公也起来了，穿上棉袄，我们跟在他后面一路嬉闹回家，那时真觉得高大的外公就是一座幸福的山。

在我们村里，外公算是有点文水的了，算得上耕读传家。外公有"三宝"，一是背了一肚子古诗，二是打得一副好算盘，三是会做米酒。靠这三宝，他把舅舅和我们两家人连在一起。不过他还是有区别地传授这三宝的，做米酒传给了我母亲和舅妈，打算盘主要传给了舅舅和我哥。他有一套自己的口诀和技巧，为让你学会，他的办法就是，一逮着你，就让你背口诀，拿出那个磨得光亮的老算盘让你当着面打。偷懒贪玩是孩子的天性，我哥学着学着也会嫌烦，会找借口开溜，甚至有多长时间不到外公家。但外公也不生气，下次遇到还是拉着你过来背口诀、打算盘。就是在这烦来烦去的口诀和算盘声中，舅舅继承了外公的衣钵，成了村会计，后又成了村长，我哥二十来岁就做了镇里渔场厂长。

背古诗落到我头上，一开始以为比打算盘要容易一点。也没有书，全凭外公的记忆，他把古诗抄在纸上，然后让我跟着他后面读，他读的时候，眯着眼，时不时点头，有时还哼唱，已经入了境了。外公还给我讲古诗的押韵和对仗，我至今能记下的主要是"一三五不论，二四六分明"的入门口诀了。而他教我的诗中，印象最深的还是王维的那首《杂诗》：君自故乡来，应知故乡事。来日绮窗前，寒梅著花未。也是从这首诗，刚有点开蒙的我隐隐约约感受到一些深沉的东西、诗外的韵味，就好像是远望乡村墟落，那一缕炊烟袅袅升起的那种感觉吧。

我后来能对读书有些兴趣，考上大学中文系，若论家人的影响，一是初中毕业的父亲，他买的那些三国、水浒、西游还有《三侠五义》什么的，确给我童年带来无限乐趣；再就是外公的那些诗了，可惜小时的无知，我后来把他工工整整抄录在纸上集成一本的诗随手弄丢了。今天如在，一定把玩摩挲，在泪光盈盈中依稀可辨外公坐在藤椅中，摇着脑袋，哼着唱着，陶然忘怀的样子。

父亲的背影

那位在内蒙古帮助中国植树治沙的老人远山正瑛说过：孩子是看着父辈的背影长大的。

父爱如山。母亲去世后，每每看到年迈的父亲拖着脚步、踽踽独行的背影，我就禁不住目蕴泪水。那还是那个我从小依为大树，从来没有向我大声训斥、动过半个指头的父亲吗？

父亲的背影啊！我一生挥之不去的回忆。

是小时候夏日里，他拿着鱼叉走向河边、湖边的背影，回来的时候，一篓的鱼，一家人的高兴随后飘荡在一锅鱼香中。

是在我哥因家庭成分不能上高中，他毅然决然走向公社的背影，他的据理力争，说动了公社书记，哥哥又背上了书包。

是在农村放开搞活，他背着行囊"闯关东"的背影，那承载着全家的希望的背影哦！

是在家庭经营遭遇挫折，大年三十他应对上门"债主"的背影，那个挺直的背影给了全家多大的希望啊！

是到学校看望我离去的背影，是背着大包小包来看望他宝贝孙子的背影，是和母亲紧相依靠，结伴逛街的背影，看着这温馨的背影啊！当时我就在想啊，如何用我的孝心永留这背影在人间，但天不悯人，一直身体很好的母亲猝然之间查出胰腺癌，八年前的端午节去世了，留下了父亲那悠长悠长孤独的背影！

今年可巧，昨天是父亲节，今天是端午节，母亲的祭日。昨天，父亲打来电话，让我们回家到母亲的坟上烧烧纸，顺便一大家人聚聚。听着父亲已不再如当年洪亮、略显苍老的声音，我又禁不住泪光盈盈，眼前幻化出一个又一个父亲的背影，精神的、坚定的、苍凉的……

昨天，儿子从大学给我发来短信：祝老爸父亲节快乐！注意保重身体，少喝酒多锻炼！

唉，这就是代代延续，割不断的父子亲情！

父亲节、端午节双节到来之际，感慨系之，以此为记，永铭父恩！

写在清明

前人写清明的诗很多，我读得不多，所读不多的清明为题的诗中，我独喜欢三首，它们在我不同的人生阶段浸润了我、影响了我。

一是北宋王禹偁的《清明》：无花无酒过清明，兴味萧然似野僧；昨日邻家乞新火，晓窗分与读书灯。小时，外公常念在嘴边、也常教我念的就是这首诗，我当时还有点不理解，千家诗，唐三百，好诗很多，外公为啥偏喜这首。后来慢慢体会到，他是希望我们能耐得寒窗苦，读书成人啊！王禹偁起于贫寒，后来的范仲淹亦如此，穷且亦坚，不堕其志，发愤苦读，在门阀制度已衰、重文治文、寒门庶人亦可通过科举仕进的宋代，终能逆袭成就一代文名和政声。

想想我们五十、六十、七十年代过来的读书人，谁没有过"无花无酒""兴味萧然"的清明？那一只白炽灯泡，或仅是一盏煤油灯，伴我们夜读，至今想来，不觉清苦、清寒，倒觉有光芒在前、暖意在心。"未知生，焉知死？"那时社会刚从一场浩劫中走出来，涌动着一种改变现状的动力，人们更注重现实生活环境的改造和意义的追求，故以死者为记的清明在那时倒有点寡淡了。我只记得，小时每到清明，父亲只是将我家屋后的三爹的土坟，重做一个坟头，然后插上柳枝，就算是祭扫了。

印象最深的是我上初二时的那个清明，那次我要代表镇上初中到县城参加作文竞赛，而之前我仅去过县城两次。临行前，母亲看我的鞋子有点旧了，就花了三个晚上为我做双新鞋，打样、纳鞋底、裁鞋面，一针一针地缝合。夜里我起来时，看到东屋母亲房里的灯还亮着，她还在忙我的鞋子。出发的那天是清明，早晨我的床头已放了一双新鞋，黑布面，白鞋底，带松筋，穿起来很舒适。穿着母亲的"千层底"，步履轻松进入作文赛场，拿到题目，一看就是一个字"爱"。当时我的脑海中一下子就浮现出灯下纳着鞋底的母亲。我很快就铺纸下笔了，开头我还记得这么写的：当我一看到作文题"爱"时，我的眼前不由得浮现出临行前母亲在灯下为我纳鞋的情景，一股爱的涓涓细流在心头流淌……最终我的作文获得全县一等奖。十一年前清明之后的端午，我的母亲在我的怀里安静地闭上眼睛，"子欲养而亲不待"，此时此刻，捶胸顿足，呼天抢地，仍不能唤回慈母。晚上守灵，看着静静躺在冰棺里的母亲，看灵前烛光跳跃，一灯如豆，想起母亲操劳一生，上敬下护，想起那个清明前夜，她熬夜为我做鞋，一时悲从中来，肝肠寸断，曷其有极？

步入中年，每到清明，喜欢读南宋高翥的《清明日对酒》：南北山头多墓田，清明祭扫各纷然。纸灰飞作白蝴蝶，泪血染成红杜鹃。日落狐狸眠冢上，夜归儿女笑灯前。人生有酒须当醉，一滴何曾到九泉。读此诗时的我，光风霁月有过，迭遭困厄有过。小时觉得岁月悠长，人生美好，人情温暖，无有尽时，后奶奶、爷爷、母亲、外婆、外公等至亲之人，生命中启迪、关照过我的一些人，不期然竟都离我而去，有时在碾压和痛苦中也会觉得命运无常、人生乖蹇，在寻求活的意义的时候，也对死的必然事实和到来有了自己的思索。工作以后，没有很特殊的情况，每个清明我都是要和家人一起上坟扫墓的，这时是没有眼泪的，静思、默念、祷告，纸灰翻飞，幻如蝶舞，似乎觉得奶奶、母亲她们正站在高高的云端看着我们，一如母亲临终时拉着我们兄姊四人的手在叮咛：你们要照顾好你大（父亲），你们要好好团在一起，好好过日子。因此每次清明祭扫后，我们兄姊四家总会带着老父亲在老家的镇上团聚一次，祖孙三代，现在已是四代，其乐融融，我想这也是母亲在天之灵希望看到的。从这个意义上来看,"夜归儿女笑灯前"并不消极,"人生有酒",如适度,也是凝聚亲情、活好当下的媒质啊!

当我们每个人都必须接受"今日我奠人,他日人奠我""满眼蓬蒿共一丘"的事实的时候,是不是应该尊重和允许每个人在通向这个事实的途路中,在人性和法度的范围内,有追求个人幸福的自由?介子推抱着母亲宁可被烧死也不出山为官,告诉晋文公重耳和世人,他追随重耳、割股献肉不是为了加官进爵、富贵还乡,因此有了寒食节、清明节。重耳以常态的思维看不一样的介子推,故发生"士甘焚死不公侯"的悲剧。我的一位朋友告诉我,他的上小学五年级的儿子,在班上谈自己未来理想的时候说自己将来想做个面包师,结果被老师批评了一通。我在想我们的老师有什么权利去为学生圈定理想的范畴。我在英国培训的时候,看过面包师制作面包的过程,觉得那个环境、那个过程、那个专注的神情很美啊!在一种急功近利的社会心态下,"子非鱼,焉知鱼之乐"的现象比比皆是。

有了对人的最后归宿的思索和理解,才发现写清明最好的还是杜牧的那首:清明时节雨纷纷,路上行人欲断魂。借问酒家何处有,牧童遥指杏花村。经过"晓窗分与读书灯"的努力后,清明不再是"无花无酒",但为什么还会有那么多行色匆匆的"断魂之人",牧童何在?杏花村在哪?在这"有花有酒"的清明,值得我们玩味和思考。

二圩渔场的变迁

最近在老乡的微信群里得知,我的老家洪泽区岔河镇二圩渔场将退圩还湖。湖是白马湖,从生态保护来说,是件好事,值得拥护。但这个有了四十年风雨沧桑的渔场,将要离开我们的视线,从此没入湖中,杳无踪迹,那些看着这个渔场起来的、参与过渔场建设的、靠着渔场起家的当地人恐怕还真有点舍不得。

岔河是老镇,处在有"悬湖"之称的洪泽湖的下游,靠着白马湖,因河道纵横而得名,水土丰沛,是鱼米之乡,一度繁荣过,曾有"岔河是小南京,不到不死心"一说。岔河人得水的浸润,肯吃苦,有巧思,也敢闯敢试。二圩渔场开挖于 1983 年,是当地最大的渔场,但不是最早的,最早的叫张桥渔场,早两年建成。当时,改革开放的春风一吹,岔河人醒得早,镇里领导合计要搞集体企业,但从哪里下手呢?岔河多的是水,靠水吃水,那就搞养渔场吧。说干就干,很快选中了张桥村,在那里挖了二十多口鱼塘。岔河人的第一个渔场就这么建起来了。

我哥是渔场招聘的第一批工人,那时他高中毕业不久,在场里算是有文化的,高中时做过班长,人勤快,又肯动脑筋,镇里和渔场领导很快看上他,到场一年后就送他到无锡水产学校学习。学成回来后就提拔为技术副场长,那时他 21 岁。在他手里,渔场的亩产量翻了一番。就在这时,镇里领导又有了新想法,准备在岔河东南片紧靠白马湖边建一个占地 3000 亩的新渔场,也就是二圩渔场。谁去主持筹建这样一个大的渔场？镇里领导反复考虑，最终还是决定把担子压给年仅 23 岁的哥哥。我记得哥哥回来和父亲商量的时候，正直敢为的父亲毫不犹豫支持他接过这个重担。

"圩"在我们这儿是围湖造田的堤，要把这一大片四周是"圩"、中间低洼的地方改造成一个个 20 亩左右的标准鱼塘，很不容易。那时没有大型机械，如现在的挖掘机，主要靠人工。据说当时镇里动用了上万个劳动力，浩大的场面有点像修建"红旗渠"。我哥那时基本上是吃住在临时场部，偶尔回来一次，搞得跟泥人一样，又黑又瘦，洗洗弄弄，带点吃的用的又回去了。不到一年，渔场建成了。放眼望去，鱼塘纵横排列，整齐划一，如棋盘镶嵌在这片土地上，与白马湖相依相偎。渔场建成后又遇到一个困难，就是需要几百条水泥船，一时无从着落。还是父亲主意多，他发现当时分田到户后，很多农户家分到的水泥船闲置在那儿，有的已破了。于是父亲就召集几个人维修和收购分散在农户家的水泥船，收集整修一批后就送到渔场，最终解了渔场用船之急。我还记得那时上初一的我，有一次跟着父亲他们的送船队，在岔河四通八达的河道中，一路逶迤，一路欢水，满眼青绿的平畴向后，生活的希望、美景在前，那景那情今天想来仍觉暖心。

二圩渔场建成后，其规模在苏南也不算小，在苏北当排在前列。渔场解决了一批人的就业，岔河的渔业从此兴旺，也带动了小镇的繁荣。夏天，有四方客来垂钓，我印象特别清楚地记得，有个 80 高龄的、从岔河走出去的老同志专门回来钓鱼，钓了一条十几斤重的青鱼，老人家高兴得不得了，他说要把青鱼带回去做成标本，为家乡年年有余祈福。冬天，各地的鱼贩子、需要购鱼发福利的单位蜂拥到渔场，在圩堤上的车子排有两里多路，就等着一网一网上来活蹦乱跳的鱼，那场景倒真是供不应求，余不下来。中央电视台曾经有几年春节连续到二圩渔场采购活鱼，每次都有 10 万斤，因此我哥享受了一次到央视春晚现场看演出的殊荣。

因为有了渔场有了鱼,来到岔河的外地客越来越多,以鱼为特色的饭店一时遍布镇上,其中最有特色的当属"刘三饭店",能做出一桌淮扬风味的"全鱼席",慕得四方客人来品尝,今天"刘三饭店"还在那个闹市口,还是镇上最受欢迎的"鱼"饭店。"鲜"由"鱼"和"羊"组成,岔河人把"鱼"的鲜味做到极致,一是代代相传的厨艺,二则是食材,那白马湖水滋养的二圩渔场的活鱼,显然助添了某种鲜美的滋味。我哥从建场起,做了十年的二圩渔场场长,在他手里,岔河的鱼和岔河大米一起声名远播。

没有长盛不衰的业态,当一种体制机制无法为当地人创富提供更大动力的时候,改革就成为势所必然、人心所趋。二圩渔场红火过,那是在改革开放拉开弓弦,乡镇企业异军突起、持续勃兴的时候。而到了九十年代初,集体所有之下的二圩渔场显然已缺乏活力,效益在走下坡路。我家哥哥认识到这一点,他向镇里建议对渔场进行所有制改革,并主动从场长位置上退出来。镇里犹豫了一阵,但最终实现转身,将二圩渔场承包出去,激发个体的经营动能。自此二圩渔场的名还在,但实已成为个体渔户的养殖场。我哥后来也承包了一个围湖建成的近400亩的鱼塘,再后来成为天参饲料公司销售部的经理,在将鱼饲料行销到各个经营户塘口的时候,也传送了他在张桥、二圩渔场多年跌打滚爬积累而成的"养鱼经"。

历史有轮回,但那是更高阶的环复。我们现在回归自然,由索求转为反哺,重塑白马湖的清纯身影,是为古镇岔河一方子民安乐长远计。在这个重塑的过程中,我们可能暂时失去一些乡愁的寄托,失去一些传载奋斗诗篇的史迹,但赢得的一定是一个大美的岔河,更令游子思念思归的家园!或许在这个时候,我们要将镜头对准二圩渔场,留下她最后的身影,留下那一段乡人奋斗的记忆。

《爱的故事》序

最近几年,我一直在行政上奔走,见诸笔下的多是四平八稳的"官样文章",那些动乎情的文字,对于我来说,写起来已有些艰涩了。但用了几个晚上,读了淮安市高职校老师们用朴实的文字,凝聚真爱、化为真情写成的一篇篇"爱的故事",我深深地被感染、被打动,似乎一下子将自己带回到在这所学校工作和生活的岁月。点点滴滴,历历此景,眼睛竟有点濡湿了。

在这些抒写"爱"的老师中,有不少是我当年的同事,我们一起年轻过,一起在这所学校初创的时候奋斗过,一起和学生在那个简易的足球场上奔跑过,一起和学生们在大合唱比赛后,跑到后门口的"老王饭店",品尝两块钱一大碗的大煮干丝,以示庆祝。然而,似乎在不经意间,曾经年轻的同事已步入中年,有的两鬓已染上岁月的风霜。我钦佩他们的执着,在职业教育步履沉重的发展进程中,他们没有放弃过,始终以一颗平常心,坚守自己的精神家园,始终以一份"大爱无痕"的爱心,守护着一届又一届学生,送走一届又一届学生。在这些抒写"爱"的老师中,有不少后来的、我不认识的年青人,我同样钦佩于他们的选择、坚守和赋注爱心的努力,在他们身上我依稀看到自己当年的身影,和文学社的学生熬夜编写《创业》期刊,手捧着浸着油墨香的第一份期刊,击掌欢呼;和班级学生一起激情朗诵《毕业歌》:今天我们东风桃李,用青春完成作业;明天我们巨木成林,让中华震惊世界。今天的高职校，展现在我们面前的是一所现代化的校园，驻足其间，我在想，支撑这所学校发展的并不是眼前的高楼大厦，而是学校兀兀追求、薪火相传的人本精神，是融注在新老教师身上的那一份担当、责任和爱心。

从老师们渗透着爱的字里行间，我读出教育的真谛：是爱的教育，是人格力量的浸润，是深厚的人文关怀。我更进一步感悟出爱心的内涵：是平等之心，视学生为朋友，视每一位学生为可教之才；是尊重之心，尊重学生的人格，尊重学生个体差异和个性发展；是关怀之心，春风化雨，润物无声；是包容之心，理解学生的现实状态，接受学生的错误和偏差，有改变的决心、耐心和细心；是赏识之心，善于发现学生的优点、闪光点，激励之、引导之。复旦大学曾经有一学生，成绩一直倒数，但兴趣所好"磨玻璃"，校长、老师鼓励他发展这一爱好，最终被推荐到南京紫金山天文台，磨出中国最好的天文望远镜玻璃。用心去发现，在我们职业学校不乏"磨玻璃"的学生。爱心最大的价值在于促进学生的成长。

最近读有关顾准的传记，深为他的思想和人格折服，尽管他在文革中备受折磨，尽管他对当时中国的现实多有冷峻的思考和批评，但他没有对国家的前途失去信心，临终前他对弟子吴敬琏说：中国的神武景气必将到来。我在想，职业教育虽艰难前行，但有理由相信，随着国家改革的纵深推进，有越来越多的肩负使命、深怀大爱的教师的坚持和努力，职业教育在不久的将来，一定能迎来她的神武景气！绵延相承、弦歌不绝，在高职校这一"活力校园、魅力家园、和谐校园"中将演绎出更加动人的爱的乐章！

是为序。

且行且思

我的英伦结业典礼致辞

2017年11月,我带领淮安职业学校现代学徒制培训团一行26人到英伦培训,虽只有半月,但经历难忘,友情难忘。今日偶翻过去的文字,看到当时结业典礼上,我作为团长的致辞,仍觉得那致辞中有热血、有深情,有自己的寄托。遂置于个人公众号,既是回望那一段弥足珍贵的国外学习经历,也是瞻望未来,期待职业教育能克服关山阻隔,在世界范围内得到更广泛的认可、支持和交流。摘文如下:

尊敬的LINZIE女士、JENNY女士、ROB先生、JACK先生,各位同学:

大家下午好!很荣幸也很高兴能代表我们培训团一行26位学员在此致辞!首先,要感谢牛津教育集团、感谢英国技能委员会、感谢东伦敦大学、感谢苏教国际中心,为促成和组织这次培训所做的无微不至的努力!

在整个培训的过程中,我们能深切地感受到组织方精心的策划、安排和实施,所有的一切,都比我们所期待的更美好、更温暖、更愉悦、也更富有成效!此时此刻,站在这里,觉得时光太过短暂,竟舍不得这样的美好的经历就此画上休止符!

我们的家乡淮安出了一位伟大的作家叫吴承恩,他写了一部闻名世界的神话小说《西游记》,写的是唐僧、孙悟空师徒四人历经千辛万苦、千难万阻到西天取经的故事,我们这次培训团一行26人不远万里来到欧洲、来到英伦，也承担了取经的任务，我们要取的是英国职业教育、学徒制的真经。今天站在这里，应该可以自豪地说，我们大家通过悉心努力，完成了取经的任务。半个月的培训，我们更深入地了解和把握英国的教育体系和作为她重要组成部分的职业教育体系，更深入地了解作为英国职业教育重要支撑的学徒制，她的前世、今生和未来的发展，让我们更深刻地感受到这个国家推动职业技能教育变革的决心、意志、行动力和未来缜密的规划。同时，我们也近距离地接触和观照英国的文化，感受到在这种文化传承熏陶下，社会的和谐安宁、自强不息，人民的睿智幽默、热情友好。所有这一切，都将作为此次培训的成果，装入我们即将回去的行囊中，成为推动我们中国、江苏、淮安职业教育发展的理念、动力和可资借鉴的成熟经验。

我们大家都看过一部英国的经典影片《魂断蓝桥》，她的主题曲是《友谊地久天长》，我真诚地希望这一次英伦培训中我们双方结成的友谊地久天长，今后，大家通过多元的方式和渠道，始终保持互动、交流和合作，我们期待着故地重游，也真诚地邀请各位老师到中国、到江苏、到淮安走走，我们热忱地欢迎你们！

最后再一次衷心感谢牛津教育集团、感谢英国技能委员会、感谢东伦敦大学、感谢苏教国际中心和所有为这次培训付出努力的朋友们！

走出去动起来

前些日子到扬州一所学校参加活动，闲聊之中发现这个学校高高大大的陈校长谈吐不俗，颇具思辨，人才难得。他有个观点，我很赞同，他说运动和劳动着的人们，是扩张的、舒展的、愉悦的，他获得的幸福感比坐着那儿读书的人更强。后来他说他是体育老师出身，搞排球专项。第二天活动开幕式，他代表承办校致辞，脱稿讲了五分钟，从容简洁，不乏理性，不难看出是长期积淀的自然而发，或许也可以说，他活跃的思维是和他对运动的理解和追求有关。

还是回到运动和劳动这个话题吧。从小就记得"生命在于运动"这句话，原来是法国大思想家伏尔泰老先生说的，他也是这样践行的。这个"百科全书式"的人物一生喜欢跑步、击剑、骑马等运动，80高龄了还和友人登山看日出，他建立了自己的体育哲学观，影响后世深远。以前以为一生没怎么离开哥尼斯堡的康德主静而不尚动。最近看到陈家琪先生写的《哲学地思考教育学问题》，改变了我的看法。文中提到康德在哥尼斯堡讲授"实用教育学"，采用的是当时还未得到广泛认可的巴泽多的《方法手册》。巴强调的是教育的实用性，也可理解为教育常识学。他致力于把学生们教育成"博爱主义者"，1774年在德绍创办了一所很前卫的学校，叫"泛爱学校"。他重视体育，不断安排学生外出踏青，主张在游戏中提高兴趣，反对死记硬背，给学生更多的休息时间，注意全面发展，使学生成为"有用"的人等等。巴泽多的这些主张和实践,对我们今天的幼儿园、中小学来说,不是很好的样板吗?但实际了解一下,当下我们有多少学生得以从体育中体验到乐趣和美感呢?"细雨蒙蒙里踏青,初雪的早晨行军"已成一个时代遥远的回忆,但今天想来依然是美好的。10年前有个叫《一起来看流星雨》的电视剧,充满青春气息,也励志,不知我们现在的学生有没有那份心境,客观说有没有时间再去领略"一起去看流星雨"的意境。好像是康德说的,"世界上唯有两样东西深深震撼我们的心灵,一是我们头顶上灿烂的星空,一是我们内心崇高的道德法则",不能去仰望星空,哪有这种"深深震撼"的感受呢?我依然记得,80年代中期我在农村上初中,条件那么简陋,物理和化学实验课还是开起来了,地理老师还曾经带着我们一群到当地的唯一小山"土城子",去看天象、数星星。那个时候的我们真趣满满,"在生活中快乐地向前"。

年青时建立的那些东西会影响你一辈子。我们都知道"文明其精神,野蛮其体魄"是毛泽东说的,出自他年青时写的《体育之研究》。实际原话是这么说的,"欲文明其精神,先自野蛮其体魄,苟野蛮其体魄矣,则文明之精神随之。"从逻辑上看,更强调健全体魄的重要,行之则精神随之得以塑造和张扬。当时的毛泽东对学校"甚多不满之处",认为教者是以"繁重之课以困学生,蹂躏其身而残贼其生",认为"宜三育(德智体)并重",还倡导"工读主义"即一面劳动一面读书。毛泽东是这么说也是这么做的,他一生酷爱游泳,其行之壮,其志所获,当以"自信人生二百年,会当击水三千里"为写照。建国后他强调青年学生上山下乡、学工学农,也是在年青时就埋下思想的种子。我相信随着时间的推移,毛的这一主张会愈益凸显它的实践价值。

能把思想和实践结合得那么好,又能通俗地表达出来,我认为毛泽东始终是第一人。如果说我们今天的教育有问题,甚至还在做背离常识和规律的事,那只能说明老人家的教育思想没有得到很好地弘扬和贯彻。我们的学校是否有两张课表,一张是合乎学生身心规律、德智体美全面发展的、供检查但不执行的课表，一张是以偏于智育、局限在教室活动、真实执行的课表，如有，则此学校教育是不是虚伪的教育呢？一个不诚信的学校是没有那个气度和格局教出"守正"的学生的。初中学生做作业到夜里十二点甚至更长，并成为普遍和常态，那这是"育人"的教育还是"蹂躏其身而残贼其生"的教育？如是这种情况，则我认为我们那一代是幸福的教育，我上初中时没有晚自习、基本没有带回家的作业；则我的孩子也是幸运的，10年前他上的那个初中没有晚自习，每晚九点也就做完作业。

毛在建国后提出"发展体育运动、增强人民体质"，是不是首先要定位于教育、力行于学校？世界足球水平不断提升，中国足球水平不升反降，入围世界杯似乎越来越难。国家很重视，中央深改委提出足球改革方案，各地也在兴办足球特色学校，培养后备力量，这些做法都很好，但是如果我们的教育和学校不能走出"围城"，为学生释放出更多的自由活动的时间和空间，如果我们城市的发展不能走出"开发商"思维，为孩子们留下一片可以自由驰骋的绿茵地，则中国足球仍是"路在何方"。我看过贝利和马纳多拉的传记，他们的天赋能得以成长和发挥，是基于一个国家对足球的理解和狂热的追求，足球已融入他们的血液中，成为生命自觉和集体取向，因此，即使穷得买不起足球，他们用破布裹成足球仍在小巷中，和一群孩子踢得津津有味。

多上几堂体育课，放出孩子们到操场活动，会影响学业吗？我谈点个人的经历和体会。我是在老家的县中上高中的，当时我个头小，人又木讷，协调性差，有一次学校会操比赛，为怕影响集体成绩，班主任让我请病假当观众。到了高三，教我们体育的是一位姓袁的老师，他文革时做过校革委会主任，也算是校长了，有几分严厉，也有点幽默。看得出他爱体育，自然也对我们要求高。为让我们重视，他编了个上面的要求，凡是高三体育测试不过关的，不能参加高考。这一下就吓住我了。我的体育实在不行，双杠、单杠和1千米跑三样初测全不合格。我开始给自己排出"训练计划",每天一早和晚自习中间半小时都要到操场去"苦练",功夫不负有心人,笨拙的、羸弱的我最后终于过关,并且测试时杠上的动作还比较溜,被袁老师大大表扬了一通。不过这个过程最大的收获是,让我增强了体质,学习的状态越来越好,另外也收获了自信,最终在 89 年我考上了一所还不错的本科院校。以后虽少有联系,但我一直对袁老师心存感激,前不久听同学说他几年前因病辞世,只能默默祈祷他在天之灵安息。他是我所见过的少有的内骨子热爱体育教育的老师。

中国数得上的教育家,张伯苓、梅贻琦都一定在其中。张伯苓是梅贻琦的老师,两人在那个动乱分离的年代,分执南开和清华牛耳,后又共同主政西南联大,为中国高等教育作出卓尔不凡的贡献。两位大家身为校长有一共通之处是,都很重视体育。张伯苓先生有句名言:不懂得体育,不宜当校长。在他大力提倡和推动下,上个世纪 20 年代的南开体育蓬勃发展,当时学校在校生不过千余人,却有 15 个篮球场、5 个足球场、6 个排球场、17 个网球场、3 处器械场,以及两个 400 米跑道的标准运动场,恐怕今天很多学校也要望其项背。南开体育强健的是身体,也强健思想和责任。1934 年的华北体育运动会开幕式上,南开的啦啦队打出"勿忘国耻、收复失地、还我河山"的标语,让参加开幕式的日本领事梅津美治郎愤怒离场,并向国民政府提出抗议。你瞧!我们的张伯苓校长是怎么"训教"学生的,总共四句话:你们讨厌,你们讨厌得好,下回继续讨厌,要更巧妙地讨厌。开明、大气、爱护学生有担当的校长。抗战开始后,张伯苓在重庆新开南开中学,继续贯彻他的办学思想和体育教育,就是这个重庆南开中学,走出 32 个院士。

清华承续注重体育锻炼的良好传统,从建校始就严格执行全校师生员工下午从四点到五点锻炼一小时的规定,而清华的体育操守和成效直接当归功于有"体育教父"之称的马约翰,他把毕生心血贡献给清华的体育事业,当然也要归功于历任清华校长的体育情怀和莫大支持,尤其是梅贻琦和蒋南翔,他们分别于1939年和1964年召集清华师生校友举行盛会,祝贺马约翰服务清华25周年、50周年,如此隆誉殊荣,就是清华的诸多大师级人物都难飨得,却给了一位体育老师。我说我们今天的校长们是不是该关注一下张伯苓、梅贻琦、蒋南翔他们是如何理解体育,又是如何重视体育的。若有思想、有情怀,则时时以学生发展为要、为本、为实,在千难万难中辟出德智体美并育之路,让学生有和谐的发展。我们从事职业教育的同仁,勿忘是蒋南翔在文革后就任教育部长,提出重视职业教育,向德国学习职业教育,于今学得如何呢?但对蒋部长的首倡之功,我们依然如他重视体育教育一样,向他表示敬意!这才是真正的教育家!

  我的一位同仁,正在全市初中推行他的"有滋有味语文教学",成效颇显,他最近和我探讨他的一些创新做法,听听我的看法。我的观点是:有滋有味关键在于学生的体验,就以写作文为例,如果学生的活动空间如此狭小,学习生活没滋没味,他如何能写出有滋有味的文章?那剩下的只能是技巧和套路。还是要思考如何"放生",让学生走出去,动起来,他们自会让文思从笔端流出,从现实的语境中感受有滋有味的东西。

那一汪清凌凌的湖水

　　有了智能手机后，好久不看电视了。今晚一人在家，打开综艺节目，正热闹地进行主持人大赛，看了一会，觉得热闹是她们的，好像我的情绪切不进去。我曾经还很喜欢打开体育频道看球，但现在基本也不看了，因为一看中国足球，觉得糟糕越来越多，失望越来越多，觉得"球迷问上帝中国何时夺得大力神杯，上帝哭了，我看不到了"的段子实在活画的是中国足球的现状和未来。看那场上，我们凭什么要求39岁的郑智还在担任主力的国家队能冲出亚洲、走向世界呢？当然郑智不是意大利世界杯的"米拉大叔"，中国队也不是当年的喀麦隆。

　　看主持人大赛，我的感觉是，参赛的主持人煽情多了一点，台上台下的泪点多了一点，煽情故事中展示的底层的苦难和不幸多了一点。总觉得现在主持人不自觉地更喜欢走"朱军的艺术人生路线"，而不是有点坏笑、幽默自然而发的崔永元，更难见深沉睿智、眼睛看小思想见大的白岩松，温婉有致字字珠玑的董卿估计难有后继者，除了岁月淘漉，舞台经验的积累，能静心、好读书、有思考恐怕是赋予崔永元、白岩松、董卿独特主持风格的重要因子吧！

　　是不是普通人能掬起我们潸然泪水的唯有苦难和不幸呢？没有幸福的泪光闪闪吗？一地评出10个最美教师，我数了一下，有8个是或身患绝症、或残疾、或带病工作，是不是我们新时代的教师的价值感、幸福感一定要用残缺美来征示于世人呢？我觉得可以商榷。

普通人的美丽和幸福或许我们还缺少发现，暑假我参加过一个安全方面的学校暗访，我们随机来到洪泽湖边的西顺河镇小学，这个小学只有100多个小学生，其中只有22个学生代伙。学生少了，但校园整理得干干净净、漂漂亮亮。我们到了后面的食堂，让我们有点吃惊的是，呈现在我们眼前的食堂窗明几净，功能室划分标志得清清楚楚，米、油等食品都是品牌的，还有测蔬菜农药残留的仪器，还有规格较高的净水器，而这一切服务的对象主要是22名农村小学生，而提供这个服务的、在这里忙乎的是一对年过半百的夫妻，男的是原来当地村小的校长，小学撤并后，他和妻子被安排到这个镇小学的食堂，开起夫妻店，他的工资只有1900元。但写在这位村小校长脸上的是自信的、满足的笑容，他的妻子打扮得也很整洁，见到我们热情地招呼，给我们一一介绍她的工作间，从她的一脸真诚的笑容中，我们能感受到她和她的先生幸福着他们的幸福，如我们离去时在大堤上看到的那一汪清凌凌的湖水，荡起幸福的涟漪。

我们希望看到的不是那揉碎的痛苦和廉价的泪水，这不会持久，也未必幸福到心！那洪泽湖畔乡村小学的那对夫妻，流在他们心里，写在他们脸上的，那才是真的幸福。或许我们的那些主持人或记者不妨去探寻这样的幸福。若此，我们在那个盛大舞台上展示给观众的才更真实，也更富有意义，即使没有泪点也不会降低它的价值！

不失去那淋漓元气

"所有的日子,所有的日子都来吧,让我编织你们,用青春的金线和幸福的璎珞……有一天,擦完了枪,擦完了机器,擦完了汗,我想念你们,招呼你们,并且怀着骄傲,注视你们。"共和国的初心在哪里?我说就在这首诗里,16岁的王蒙1953年写成的《青春万岁》序诗。那是共和国肇始之时、开元之际,时虽百废待兴,但举国坚定破茧化蝶之志,元气淋漓,铺张扬厉,人心所归,百年未有。那时,钱学森、谢希德(复旦老校长,我钦佩的人)等海外学人突破重重艰难回国,确实是被这种淋漓元气所感召。

"不要因为走的太久,而忘记为什么而出发。"回想国脉更张之时,邓稼先被确定为开展原子弹研究的关键人物,在不为家人所知的情况下,一去二十八年,当原子弹爆炸成功时,他的岳父许德珩(九三学社创始人、人大副委员长、毛泽东好友)激动得老泪纵横,而这时他还不知道,主持研制的是他的女婿,而他的女儿,北京医科大学的教授许鹿希独自抚养一对儿女,也更不知道。直到二十八年后,因核辐射而患癌的邓稼先在许鹿希的怀里闭上眼,他们伉俪情笃,惺惺相惜,而为国家舍小我成大我,当年读到这段文字的时候,我热泪盈眶。

今天,有一种现状让人有丝丝担忧,一流的人才似乎不愿意到国家最需要、有危险和挑战的地方去了。据说现在像北大、清华这样的名校都很难招到核物理专业的高材生,往往要降分录取,其中很多是基于危险和艰苦的考虑吧。我能理解家长和学生的这种心理，但我们的教育要有所匡正，当教育变得越来越功利，则王蒙"序诗"中所洋溢的初心和朝气，将渐渐迷离，以至于我们的年青人，将越来越难真切地理解梁启超挥笔写就《少年中国说》的那份爱国挚情，越来越难理解在山河破碎、国难当头时，他的二儿子考古学家梁思永带领一批人在河南安阳挖掘殷墟，并历尽艰难将挖掘文物转移大后方，用傅斯年所说，他们是"上穷碧落下黄泉，动手动脚找东西"；我们也越难理解当解放后北京城重建，他的大儿子梁思成和儿媳林徽因面对要拆掉北京古牌楼之举，痛哭上陈，抗颜直谏，谁能理解这份为国保留文脉的初心呢？直到2016年我们才知道，他还有一个老儿子梁思礼，是我国火箭研制首席专家，导弹控制系统研制创始人之一，这一消息公布出来，是在梁思礼2016年去世时，看梁思礼（梁启超最疼爱的小老九）的照片，多像梁启超啊，特别是那鼻子，宽厚丰挺，如任公之性格：刚直而不失宽容。

值此共和国建制70年，晨读王蒙《青春万岁》序诗，又听《让我们荡起双桨》歌曲，依稀带回那个激情燃烧的岁月，眼眶盈湿，感慨系之、记之。

味道的味道

晚和朋友小聚,地点就在我家后边的大同路,一家叫"瓦舍"的茶餐厅,我已来过几次了,喜欢店里的古色古香的布置和茶饮的氛围,也即美食之外的味道。

相聚也欢,情意也洽,散后沿着大同路向西回家,竟注意到这时时经过的地方,从"瓦舍"起,不到两百米内,灯光和绿树掩映下的几家饭店的名字都别有点味道,分别是:厨之禾、青阶别院、明家味、八分饱。

首先要嚼嚼这"八分饱"的味道,我觉得起这个店名的主人一定很真诚,很会从客人的心理去考虑,希望你到得我店里来,要吃好,尝得美食,但从身体健康的角度考虑,又以这个名字建议你不要贪于美食,不要吃过,给胃子留点空间,给下次再来留点念想。这也是很多养生专家给出的建议,也是诸多长寿者共性的秘诀。据说宋美龄在饮食上对她自己和蒋介石都有点"抠",好吃的都是少量尝尝,有时蒋介石还想多尝一点点都不给,两人均长寿,有节制的饮食也是重要原因吧!"满汉全席"中有腐朽的东西,一定要批。据载,当年就在我们的漕运总督府的满汉全席的宴飨中,专门为客人准备了一个"喉掸"的工具,客人面对满桌的美食,吃饱了,还舍不得,就用这"喉掸"伸进喉咙,把吃下的再掏出来,接着再吃,这类人就是完全的饕餮之徒了。美食如此,人生也一样,"过犹不及"是老祖宗给我们的最好指导,可惜面对各种近在眼前的有诱惑的东西,不少人还是把持不住,还是喜欢看那"风月宝鉴"的有王熙凤的那面。"身后有余忘缩手,眼前无路想回头",准确对应了最近主动投案自首的那些贪腐大员,现在想回头,已有点迟了。人生的"八分饱",那个中的况味各人品酌吧。还是雨果说得好:我们的每一种欲念,甚至包括爱情在内,也都有胃口,不可太饱。

"厨之禾"的名字比较朴实,大概取意"锄禾日当午,汗滴禾下土"那首诗吧,希望我们知道厨中食材、盘中佳肴的来源,倍加珍惜,不要浪费。虽然我们没有西方基督教徒在饭前祈祷的意识,但也要内心有敬畏,恒念物力维艰,当思来自不易。"成由勤俭败由奢",最近,国家提倡"反对餐桌上的浪费",是有警省当前、鉴察将来的意思的。听说苏南有些地方做得好,有些饭店专门为客人免费配置了食物包装盒,盒上还印上饭店的名字,真是提倡和宣传一举两得,南方人的务实和精明展示无疑。细想来,"厨禾"和"八分饱"是有承应关系的,珍惜食材之不易、种养之辛苦,就会更加理解控制食欲的必要,更会将美食和人生定格在"八分饱"的境界上。

天下没有不散的宴席。"瓦舍"我知道来源于宋朝都市主要是汴梁的娱乐场所,也即"勾栏瓦肆(舍)",当年东京汴梁的繁华,自不胜言,有《东京梦华录》为证。当时市中有不少临时聚集演出的场所,吸引了市民观看,那演出的台子搭了拆,拆了搭,人群也是聚了散,散了聚,"来时瓦合,去时瓦解",故取名"瓦舍"。我觉得这个名字起得好啊。人生不要刻意而为,友情可以超脱淡然一点,聚也好,散也好,聚散皆是缘啊。"终朝只恨聚无多",那是一种荒颓的、缺少自律的人生。人生的欢场犹如那瓦舍里的戏台,演了,看了,悲也,喜也,终究曲终人散,进入人生的下一个欢场。聚不纵情,别不伤怀,"瓦舍"这个名子真好!

至于"明家味",我只能望文生义地认为是有"家的味道"的意思。这个饭店我去过,菜肴的品质贴近大众,淮扬菜的特点鲜明。给我留下印象深的是有一次我招待上海的客人，点菜到中途，老板提醒我，就五六个人，菜够了，不够再点。这个提醒让我觉得这老板的实诚，不欺生，因此在家的味道前加上个"明"字，真是名副其实，我认为这个"明"字可理解为"光明、明理"，也是更高一个层次的"精明"。

这几个饭店中，"青阶别院"倒是我以前去得比较多的。老板有点品位和知性，想把饭店搞得清雅一点。取这个名子，有"庭院深深几许"的味道。我知道，为营造这样的一种格调，她还专门请了我办公室的同事的夫人、本地高校的一位美术老师作了几幅画挂上，艺术品位一下子就出来了。看来现在饭店追求的味道不仅在菜品中，也在烘托菜品的氛围中。这个"青阶别院"的环境和美食也确实给人留下"幽雅清淡"的品味。

今晚，在这城市的一角，凝望这自成特色的店招店名，远眺古黄河两岸灯火阑珊，油然觉得人间美好，城市有味。这"美"字最初的意思是形容味道之美，后延伸为"风景之美、人情之美"，今宵在这城市的烟火中已是"美美与共"，我已沉醉于这味道的味道中。

还是那牛肉汤

大暑刚过,早晨,我沿着废黄河跑出一身汗,饥饿感袭来的时候,不由想起离这儿不远、银川路上那家"清真杨记牛肉汤"。

走到银川路上,还是那个老街,不宽,两边店铺错杂,大都是吃的、用的,从名字上已能看出有些年月了。两边各种电线、网线等等都还裸在露天,每隔一段就是个电线杆,这里除了因文明城市创建、店铺的招牌略作翻新有点亮色外,其余的好像和五年前、十年前没有怎么变样,岁月似乎在这里迟钝了,没有改变她那充满古城老街的烟火味。

到了杨记牛肉汤,还在那儿,面前是两根电线杆,旁边是个小巷子,房子还是那老房子,唯一的变化是店招牌变成大大的写真的模样,上面是醒目的"清真杨记牛肉汤",估计是街道办统一要求做的。记着以前的招牌是块木牌,同样的招牌名,是刻印的字粘上去的,其中因时间久了,有个字已脱落,店主人好像根本就不在意,任它随岁月流长,一起斑驳。

进得店里,还是那样子,门口边上是个烧牛肉汤的大木桶,估计家传下来有年头了。桶边有个方凳子,做汤的站在凳子上。右手有个小隔间,有面板和炉子,是打葱油饼的地方,那正在油锅里的葱油饼正滋滋冒着油气,也闻到一股香气,那是我小时候闻到的菜籽油的香味,做好的黄亮亮的葱油饼切成糕状放在盘子中,一元一份,几乎是白送。

店里面已坐满了人,还是那几张圆桌、方桌、长条桌,连位置都没有动,桌上放着的还是用普通的碗、杯子装着的土制辣酱、干辣子,装醋的还是用饮料瓶,上面钻个眼儿。面巾纸还是普通卷纸,一长卷挂在墙边,供所有人取用。老板娘还是原来的老板娘,坐在靠门边的方桌边,她的事情是配碗、收银和端碗。配碗主要是根据客人点的价格,在汤碗里放上适量的牛肉,我每次看她份量抓得很准,不克扣客人,牛肉汤10元起价,15、20、30不等,这么多年好像也没变过,我点了个15元的牛肉汤,再加一份几乎是白送的葱油饼。

客人满了,老板娘在里间圆桌招呼其他客人挤一挤,给我挪了个位置。我刚坐下,一大碗热腾腾的牛肉汤就端到我面前。我一看,还是那原来的牛肉汤,汤色清爽,没有一点荤油和素油,就是靠牛肉自己的那点油提点荤。牛肉是纯色的,不厚也不薄,没丁点肥的,也没有牛筋粘在上,汤上飘着青绿的香菜叶和根,根是根,叶是叶,分得很清。我用勺子舀了口汤尝一下,还是那清爽入口的味道。吃到一半,又加上辣酱和醋,味道加重了一些,但仍不失那牛肉汤的真味,那两面焦黄的葱油饼,和这美味的牛肉汤成了"绝配",吃口饼,喝口汤,那种鲜美不知是饼吸附了汤,还是汤浸润了饼。也有客人将饼直接浸到汤里吃的,那合体的味道就更鲜美了。看看四周的客人,有衣着朴实,也有衣着鲜亮的;有大人,也有小孩,大家一边喝着汤,吃着饼,一边擦着汗,那番美好滋味,此刻都在这汤中了。

这杨记牛肉汤听说是祖传的,开在这个地方就有二十多年了。这么多年,人来人往,物是人非的变化是有的,我记着我第一次来店里喝汤的时候,看到的老板娘是年轻的、"即将为人母"的行状,而十几年后的一天我又到店里时,已听到她和熟识的客人谈起孩子上学的事。变中不变的是这店、这汤。生意越来越好,但店主人没有扩大门面,这汤一直是专为早上经营的,中午、下午、晚上都不开;只做牛肉汤和葱油饼,不增卖其他任何东西,比如茶叶蛋什么的;牛肉汤一直一个样,没有说像有的牛肉汤馆可随客人需要外加粉丝、百页等。这店主人好像有点"不谙世情、顽固不化",店面破点、旧点,他都不在意,别人趁着生意好想着放大经营多赚一点,他也没那个想法和劲头,他好像就是守着这祖传的活儿,保持着这汤儿的味道就行了。不过细品这牛肉汤的味道,觉得这味道的"道"和经营之道的"道"是相通的啊,后者的"道"中有诚实、诚信、坚守,则前者的"道"中永保鲜美,吸引得四方食客常来眷顾。背离这样的"道"而败落的也不乏其例啊!在这城市中,也常看到若干实体、店面,起初轰轰烈烈、红红火火,后来盲目扩店面、建分店、招盟点,很快倒下去了,但这"清真杨记牛肉汤"仍静静立在城市的一角,不张扬,不招摇,以它特有的风味为这座古城增添了烟火气息,我喜欢这种气息、这种味道!

我读吴晗

我们这代人初识吴晗,始于初中时读他的《谈骨气》,当时就想,写出这样文章的人一定是一身正气,也有副硬骨头。

到高中时,有了一些阅读,知道他的新编历史剧《海瑞罢官》成了文革的导火索,他也因此获罪落狱,含冤自杀。当时有同情,也有惋惜。

进入大学,有机会更多了解吴晗,知道他考北大、清华时,国文和外文考了满分,数学0分。北大的规则不能录取,和他在中国公学有过师生之谊的胡适爱惜其才华,向时任清华校长翁文灏写信推荐,清华破格录取了他。那时我对吴晗又更添了一种钦佩,也从那个时候,我对清华的好感一直多于北大。实际这不是清华唯一的特例,钱钟书也是这么被录取的,不过钱的数学是30分,比吴晗强点。

一个人永远在历史的坐标点上被人评价,而这个坐标点又是在不断移动。当我怀着极大的兴趣阅读梁思成和林徽因的时候,竟牵涉到已淡出记忆的吴晗。那是建国后,北京市要改旧貌、换新颜,大规模拆除牌楼和古城墙,负责的就是已任北京市副市长的吴晗,而之前他是清华的历史教授。作为建筑学家的梁、林夫妇先后当众和吴据理力争。但拆还是拆了,据说梁思成扶着城墙哭道:五十年后,会证明我是正确的。事实上不需要五十年。我欣赏林徽因,不是那个"太太客厅"的林,不是那个写出《人间四月天》的林,而是那个和丈夫梁思成留学回国后跑遍大江南北，发掘记录了万千弥足珍贵的中国古建筑的林，在烽火连天的岁月中仍苦心经营"营造学社"的林，参与设计人民英雄纪念碑的林，我们是要尊她一生"先生"的。而在这个时候，那个写出《谈骨气》的吴晗在我的印象中有点模糊了。

等我对明代历史产生浓厚兴趣，多次读他的《朱元璋传》的时候，我依然欣赏他的才华，尽管在书中他也有欲言还隐的地方。我认为近人写帝王传，没有能超越吴晗的这本，就如同写丞相传，无人能超越朱东润的《张居正大传》一样。他本来是可以成为一流的历史学家，这一点他的曾经的恩师胡适有过判断和期待。

历史的还原有时会让人不忍卒读。清华著名教授、仍健在的何兆武先生，以亲历者、见证者、学生的身份在他的口述传记《上学记》中记录了西南联大时的吴晗，题为"吴晗印象"，这个印象看上去不太好。就以跑警报来说，是这样写的：有一次拉紧急警报，我看见他（吴晗）连滚带爬地在山坡上跑，一副惊慌失措的样子，面色都变了，让我觉得太有失一个学者的风度。在那样一种危机情况下，群体性失据，能理解。但是何先生又回忆了当时现场的另一人，校长梅贻琦，保持了一贯的绅士风度，"甚至于跑警报的时候，周围人群乱哄哄的，他还是不失仪容，安步当车慢慢地走，同时疏导学生"。在危急关头，还是能看出一个人的修养的，当然这里没有对和错。读到这儿的时候，那个《谈骨气》的吴晗在我的印象中又有点模糊了。

我本愚钝，但人生的历练和读书的分辨，也慢慢有了辩证的思维，看人也"一分为二"了。当我"读"完吴晗和袁震的爱情和婚姻，甚为感动，泪蕴眼眶。袁震是才女，考上清华后不幸染上肺痨又加重为骨结核，缠绵病榻，几成废人。同在清华读书的吴晗偶然来到袁震的病榻前，两人相谈甚洽，惺惺相惜，彼此爱慕。从开始袁震自己慎重考虑后的拒绝，到后来吴母的极力反对，两人经历万千曲折，最后终于走到一起，结为伉俪。这当中是爱的力量，也与吴晗的精诚专一、至死不渝的相知相守分不开。而袁震也以她独具的才华，帮助吴晗成就名山事业，铺平为政之路。当在清华时的吴晗处处依奉老师胡适的时候，袁震笑他道：你为什么总在胡适面前矮三分。文革起时，袁震亦遭迫害，其羸弱之躯何堪折磨，最后在吴晗死前带着一行清泪去世，两人结合于颠沛流离之中，同逝于沉冤未白之日，言之令人扼腕泣下。读此，我依稀又看到一个真实的吴晗。

或许，我们所处的早已不是那样一种非黑即白的时代了，应该客观承认也允许每个人都有一个灰度的空间，人在特定时候的脆弱或失去自持，都能理解，而这时候我们需要给予的是宽容和帮助。一如周作人所说：我的身上有两个鬼，一个是绅士鬼，一个是流氓鬼。

冯友兰是我钦佩的大家，他的《中国哲学史》影响了很多人，韩国前总统朴槿惠视这本书为她人生的灯塔，在她不到30岁，父母双双遇刺身亡，面临巨大困境的时候，是这本书中的人生哲学思想和道理，激发她重拾方向，重新站起来。后来阅读多了，我知道冯友兰也有过"失据"的时候，尤其是文革时和那一派走到一起，说了不少违心的话，写了不少应制之作。但今天我能理解，我依然认为写《中国哲学史》最好的还是冯友兰。

写到这里，我还是觉得以何兆武先生写在《上学记》开首的那段话收尾：历史学本身没有意义，它的意义是历史学家所赋予的。人生本来也没有意义，它的意义是你所赋予的。

一生俯首拜阳明

此心光明

晚一轮明月挂天空,我在一种不忍卒读的心境中读完冈田武彦的《王阳明大传》。读到阳明先生临终的一幕:在静静的月色笼罩的章江上,在一叶孤舟中,即将耗尽最后生命的王阳明,对最先赶到侍奉在床前的弟子周积留下最后的遗言:此心光明,亦复何言?溘然长逝。读此,我不由得泪湿眼眶。连这一次,我为明朝泪湿过三次。

第一次是读孔尚任的剧本《桃花扇》,读完剧本,"歌尽桃花扇底风",悲的是侯方域和李香君的离合之情,叹的是明亡的家国之恨。回头再读剧前小引:"《桃花扇》一剧,皆南朝新事,父老犹有存者。场上歌舞,局外指点,知三百年之基业,隳于何人?败于何事?消于何年?歇于何地?不独令观者感慨涕零,亦可惩创人心,为末世之一救矣。"读此,不觉泫然泪湿。今想,时若有阳明先生在,若有阳明精神在,明朝会亡于异族吗?

第二次读朱东润的《张居正传》,不是为张居正而流泪,而是为他的后代子孙的英烈而动容,而饮泣。书末提到其曾孙张同敞,虽大势已去,仍抗御清军,后被俘,宁求一死,拒不屈敌,行刑时,同敞衣冠整齐,昂然站立。头颅落地后,他向前跃起三步,方始躺下。他留下了两首有名的诗句。一首《自诀诗》：弥月悲歌待此时，成仁取义有天知。衣冠不改生前制，姓字空留死后思。破碎山河休葬骨，颠连君父未舒眉。魂兮莫指归乡路，直往诸陵拜旧碑。又一首《自誓诗》：翰林骨莫葬青山，见有沙场咫尺间，老大徒伤千里骥，艰难胜度万重关。朝朝良史思三杰，夜夜悲歌困八蛮，久已无家家即在，丈夫原不望生还！读此，泪下。

阳明先生晚年吟诵的《中秋》一诗中有这样一句："吾心自有光明月，千古团圆永无缺。"千百年来，吾国颠沛于斯，艰难如斯，虽有阴晴圆缺，但阳明先生的那轮"光明月"始终高挂天空，照彻人心，在这青山莽莽、碧空朗朗的中秋之夜终能团圆，清晖普照，万民瞻仰。

初心永在

王阳明和曾国藩都是儒家思想的集大成者，都是"立德、立言、立功"的垂范，毛泽东和蒋介石都很推崇他们。二人于今，谁更值得在国人思想中学而鉴之，我推王阳明。读曾，更多现实，更多权变，更多说教，实际更多私我；读王，更多良知，更多内照，更多坦诚，实际更多本我，一如阳明先生临终前所言：此心光明，亦复何言？

因为是"心"的启迪，自然他的弟子从心里归化他、宗奉他，以至于他走到哪里，弟子们追谁到哪里？他的弟子中，有比他官位高的，有比他岁数大的。相较而言，文正公更以应变授人，更以克己教人，以至于他的弟子门人更多学会"术"，权谋天下，当然一旦学会，便会反制"导师"，李鸿章、左宗棠便是典型，都拜于曾门，后都离心于曾，成为清廷制衡曾的棋子。

我们今天不断地在提"不忘初心"，我觉得这里的"初心"可以从阳明先生的"心学"中汲取很好的养分。阳明先生让我们回到内心，回归人人皆有的良知，但他又是个积极入世的实践主义者，希望我们在

"事上磨炼",以达到万物一体之心的知觉。

  阳明先生是中国的,我们要好好研究他的思想并融入到新时代的思想血液中去。对阳明学的研究,日本人似乎比我们领先一步,也更深入。我手头的《王阳明大传》的作者冈田武彦就是阳明学的大家,在他前面还有若干他的先辈在研究。"墙内开花墙外香",有"良知"的国人是不能接受的。那就让我们"俯首阳明、研究阳明、践行阳明"吧!

愿做长风绕战旗

明年是辛亥革命110周年，前几天在网上无意中又听了电影《知音》的主题歌，"一声声如颂如歌，如赞礼，赞的是，将军拔剑南天起，我愿做长风绕战旗"。仍很震撼，有一股英雄气宕起心头，也有儿女情长，竟至反复听了多遍。

我注意到，中国历史上有一些不幸沦落风尘的奇女子，其见识、行止、气节一点不输于男子。男是英雄、战旗，女则为长风相随，不离不弃，如蔡锷和小凤仙、韩世忠和梁红玉，还可推到唐朝的李靖和红拂女；也有女子愿为长风相随，而男子却意志动摇，沦为懦夫，如李香君之对侯方域，柳如是之对钱谦益，侯、钱骨头有点软，后来都屈膝事清了，读孔尚任的《桃花扇》和陈寅恪的《柳如是别传》，我为李香君和柳如是"倾倒"，主要是她们不让须眉的慨然之气，香君"骂筵"一场，痛快淋漓之至。而吴三桂的冲冠一怒，在我看来，不是为了陈圆圆，借口而已，他是有很大的政治野心的。

梁红玉出生淮安，今淮安河下古镇仍有梁红玉祠在，其塑像一身戎装，英气逼人。南京夫子庙亦有香君楼，闺阁昭昭，音容犹在。常熟白茆巷的红豆还在吗？那里面有钱、柳的爱情见证，也有柳如是的孤怀遗恨。

《红楼梦》中林黛玉赋诗赞红拂女："长揖雄谈态自殊，美人具眼识穷途；尸居余气杨公幕，岂得羁縻女丈夫。"待有空，我愿为这些"女丈夫"再写点什么，闺阁昭传，让她们的骨气、清气流布于世。

虎气和猴气

最近,我没怎么刻意地从书架中挑了两本书《文人陈独秀》和《下一个倒下的会不会是华为》,放在卧室的床头柜上,随意翻翻。一个是已成历史故人的文人兼革命家,一个是当下正在风头上的企业家,可谓风马牛不相及。但因为机缘凑巧,两本书相会在我床头的时候,我竟在不经意间将陈独秀和任正非两个不同时空的人物作了一次比较。

可以说,促成二人各自成就的性格中有相通之处,那就是率性敢为。"虽千万人吾往矣",这或许是很多成大事业者的共性,毛泽东如此,据说乔布斯亦如此。我看过民国七年北大学生的毕业照,前排左五是蔡元培,左六是陈独秀,左七是梁漱溟,别人都正襟危坐,而陈独秀将左脚直横伸到梁先生面前,而据说后来有学生把照片递给陈的时候,陈看了说"很好,只是梁先生的脚伸出太远一点",如此豪放不羁的个性,既成就他成为新文化运动振臂一呼的人物,也使他后来历经磨难。但他的个性并未改变,在被下到国民党监狱时,他抱定"只欠一死"的决心,把狱房当书房,钻研起学问来,当教育部长陈立夫要出1万大洋来出版他的研究文字学的心血之作《小学识字读本》,条件仅是改动一下书名,竟被他一口回绝,终未能出版,我手头有一本,那是梁实秋带到台湾的墨印本,辗转几十年后才公开发行出来的。其一身傲骨铮铮,也令人心有折服。

但独断和妥协并不总是对立,变革和中和依然可以共生,如此则表现为既有斗争又有包容的韧的精神。在这点上，陈独秀似有欠缺，他率性地有点拗，失之刚猛，他的对形势的执于一端的分析，对各阶层尤其是农民缺少足够的认可、信赖、团结和动员，也是他最终遭遇挫折而退出历史舞台的重要原因。而历史之所以选择毛泽东，也是无不得益于他的"韧"的斗争艺术，这一点在他的游击战争"十六字诀"中、在他的后来被奉为党的三大法宝的统一战线中、在随不同斗争阶段而作调整的土地政策中都有生动的体现。

在中国企业平均寿命不到5年的今天，华为一路披荆斩棘活下来，而且活得更强大。可以肯定地说，在华为的发展进程中留下了任正非的性格烙印。或许可以说时代在变，企业在变，任正非也在变。阅读华为的历史，在乾纲独断的另一面，任正非也在不断地调和暖色，他提出"开放、妥协、灰度"的文化正在渗透到华为的肌体中。因此，在今天华为面临中美贸易战下的又一次轮回考验的时候，我们看到的是一个理性的任正非，他透过产业竞争看到的人才竞争、教育之争，他对中国教育的反思和忠告，他承认对手的优点同时审视自己的不足，他不怕也不缺从打压但也不放弃一切能合作的机会。今天的任正非已把刚柔相济的"韧"的斗争艺术发挥到淋漓尽致，华为的"狼性文化"有了新内涵。有了这样的一种韧的精神和策略，即使下一步的发展可能"冷得出奇"，但我们有理由相信这位老人，一定能将华为带出又一个严寒的冬天。

毛泽东在《中国革命战争的战略问题》中这样来阐述战争中的战略战术：谁人不知，两个拳师放对，聪明的拳师往往退让一步，而蠢人则其势汹汹，劈头就使出全副本领，结果却往往被退让者打倒。《水浒传》上的洪教头，在柴进家中要打林冲，连唤几个"来""来""来"，结果是退让的林冲看出洪教头的破绽，一脚踢翻了洪教头。毛的这段话是对"韧"的斗争精神和策略的最好诠释。

在这样的"韧"的精神引领下，个人开创事业、作用于历史所表现出来的"气质",就如毛泽东自我评价的那样:在我身上有些虎气,是为主,也有些猴气,是为次。这实际上是他一生所秉持的原则的坚定性和策略的灵活性的最好概括。据此看来,陈独秀是不是身上的"虎气"多了一点,"猴气"不足,任正非前期的"虎气"是不是多了一点,而后期"猴气"开始上身,但"虎气"仍是主导的。我们今天的时代面临总书记所说的"伟大的斗争",在这场斗争中,我们是不是也要有"七分虎气、三分猴气"的坚韧和灵活,才能从容面对,应付裕如?

永远的黄炎培

黄炎培的名气很大,他和毛泽东的延安"窑中对",提出历史"周期律"的问题,显出他在政治上的睿见。而从本质和毕生的追求看,先生更是个教育家,他的突出贡献在职业教育上,是中国现代职业教育的开山鼻祖、奠基人。

我们这个国家需要职业教育,这个共识将不断得到验证和强化,不以谁的意志为转移。而办好职业教育,我以为还是要有我们自己的思想和主张,还是要回到黄炎培那儿。在我看来,百年前他就提出的一套职业教育思想,于今一点也不为过时,或者说,在不少方面我们还没有做到、做实、做好,还没有完全把他的思想转化为办好职业教育的"方子""法子"。

作为职业教育大家,我认为黄炎培的显著特点有三:一是有情怀。他是个大才,有扬名立万的机会,1921年,当时政府请他出来做教育总长,他拒绝了。除了政治上的考量外,他爱这个国家,更愿意做实务,选择职业教育作为突破口,矢志不渝一生;二是务实,不空谈。他的职业教育思想来自于严谨的调研,他跑美跑欧,真切把握了欧风美雨下的职业教育发展,而他又不一味从洋,他将欧美经验扎根在中国土壤上,因此他的职教思想是属于中国式的且因切近中国实际而生命不息;三是他的大职教思想,也即我们姜大源先生所推的跨界教育。他主张把政教农工商都带进职业教育,也将职业教育的使命涵盖到各行各业,并渗透到各类教育中。

了解和认识黄炎培的同时,我们最好再了解一下另外几位平民教育家:晏阳初、梁漱溟、陶行知以及费孝通。他们都是有平民教育情怀并几乎为之呼吁奔走实践一生,他们都是有思想的。中国的事还是要从基层做起,保持人民性的追求,那才是最朴实也是最坚韧的。

杭州吟

千载之下,能勾起对杭州无限眷恋和回忆的,还是白居易的那首小令:江南忆,最忆是杭州。山寺月中寻桂子,郡亭枕上看潮头。何日更重游!

时隔两月,我再来杭培训,有故地重游之感。我们爱这座城市,心向往之,是因为她沉淀了软语香侬的江南文化。但这种文化自古以来就并不都是一味柔媚,南渡北归的历史变迁已然带来文化的糅合,纤巧灵动妩媚中仍不时有高亢之音,一如以婉约流淌的柳永,仍为这座城市吟出"东南形胜,三吴都会,钱塘自古繁华"的壮景之词,难怪金人完颜亮读后有投鞭渡江之意。

我国北方文化之刚健质朴和南方文化之纤巧灵秀完美融合,在宋词中有动人的体现,如东坡,既有"老夫聊发少年狂,左牵黄,右擎苍"之豪拓,又有"小轩窗,正梳妆,相顾无言,惟有泪千行"之凄婉;如易安,婉约百回中,仍有"天接云涛连晓雾,星河欲转千帆舞"之磅礴之气;如稼轩,"醉里挑灯看剑"的豪放中,仍能发出"蓦然回首,那人却在,灯火阑珊处"的千古绝唱。

豪放乎?婉约乎?不孑然分开,而是完美契合,一如杭州这座城市,我们既能听到吴侬软语,看到小桥流水人家,也能欣赏到那气势澎湃的钱塘潮，和那立于潮头，"手把红旗旗不湿"的弄潮儿。

中华文化的魅力就在于这样的融合。如刻意追求划一而一味高亢，则艺术质感迟早泯灭，而可能流为"呕哑嘲哳难为听"；如一味媚俗，迎合所谓时尚，也可能成为靡靡之音。既能"月中寻桂"，又能"枕上看潮"，"未老莫还乡，还乡须断肠"，何不陶然于杭州这座有韵味的城市，将来留下《新梦梁录》。

月在扬州　心在扬州

今年，我有两次扬州之行。第一次是一月份，值隆冬，又逢大雪，归心似箭，竟无心去欣赏那雪中迷蒙的扬州了，只是期待烟花三月再约吧！阳历五月下旬，算是抓住烟花三月的尾巴，又有了第二次扬州行，得以饱览一湖春水，俯仰古城风韵。

今天的扬州，已阅尽人世繁华和沧桑，不需要铺扬了，她只是用倩倩如窈窕淑女的瘦西湖，就尽揽人间春色、一城丰韵。而所有的写意和寄托都在那正门的对联中：天地本无私，春花秋月尽我留连，得闲便是主人，且莫问平泉草木；湖山信多丽，杰阁幽亭凭谁点缀，到处别开生面，真不减清閟画图。此联为近代扬州第一名士李鼎撰写、其女李圣和书。

"十年一觉扬州梦"，那是杜牧的"扬州"；"手种堂前垂柳，别来春风几度？"那可是欧阳修的平山堂、文忠公的维扬啊！"二十四桥仍在，波心荡，冷月无声。"那是姜夔的扬州，在清角吹寒、黍离之悲中浅吟低唱，追忆昔日扬州的似水年华。因为有了这些文人，有了他们留下的翰墨文字，扬州就越来越有文气了，成就一座雅致的千年古城。我在找寻廿四桥，可惜已无迹可寻，无从查证。或许她就是一种虚指，只要心印这座城市，则何处不是春波荡漾、小桥流水？

扬州有"雅"，但绝不低俗，更不失之柔靡。其南北要冲、凭江而据之势也蕴藉了她独特的城市品格，糅以南方的纤巧灵动和北方的刚健质朴，御金人、御元人、御清人，虽遭"扬州十日"之屠城，仍捍卫和扬厉了一座英雄之城的气节，连杀人如麻的清军将领多铎也不得不感叹：维扬可鉴！今天再读全祖望的《梅花岭记》，仍有一种悲壮之气涤荡胸怀，感慨竟至泪湿。我在心底已和这座城市又有了一次约会，再来，一定再次拜访史公祠，还记得那祠前的对联：数点梅花亡国泪，二分明月故臣心。

"天下三分明月夜，二分无赖是扬州。"云翳去后，今年中秋，我们一定能看到一轮明月朗照下的淮左名都，清晖似水银泻地一样，欢欣喜悦情和畅！

溧阳和溧阳中专印象

这是我第三次到溧阳，前两次因为有事在身，只是匆匆留下足迹。这次与扬州同仁一道受邀参加宁苏锡常镇职教教研联盟活动，得以放松心情，近距离观察和欣赏这座山水相依的城市。

未到溧阳之前，头脑中对她的概念基本上就是天目湖和砂锅鱼头，现在走近她，我自认为已有点被她渐次呈现的神韵"迷"住了。这里有水，不止天目湖，还有大大小小十多个水库，那是不是天上的仙女撒落的珍珠？而天目湖的那两颗最为"明眸善睐"了；这里有山，是浙江天目山逶迤而来的余脉，若把天目山形容为"窈窕淑女"的话，到了这里，她的线条是最柔和的，并和水达到一个最和谐的组合。我们一行专题考察溧阳中专导游现代学徒制试点，得以泛舟天目湖，远近所及，澄湖清透，群山嵯峨，山重水复，暖冬之下犹如水墨画作，令人沉醉。

溧阳山水蕴成其丰饶物产，何止砂锅鱼头，还有与砂锅鱼头并称"三白"的白茶、白芹，还有"三黑"（乌米饭、扎肝、雁来蕈），那南山竹海的下面是遍地的竹笋，一道笋干烧肉，那清脆爽口的笋干似乎凝聚了这里的山泽灵气。我去年十一月份到溧阳别桥镇塘马村参观学习，那是江苏省推出的"美丽乡村建设"的典型之一，当时似乎也有一种"做出来"的认为，但今天置身溧阳的山水之中，感受浓厚的人文气息，已对这里"处处皆景"的美丽不表示任何怀疑了。

溧阳以山为身，以水为魂。天目湖景区的门楼上有一行字：智者乐水，仁者乐山。我想探寻这里的山水文化和人文精神的某种融通。在和当地同仁交流中得知一件事，感动了我，启发了我。说的是溧阳市委市政府早在四年前就推出"机关院落敞开工程"，拆除政府机关办公大楼围墙和栅栏，培植绿地，划出车位，面向市民开放，让机关院落成为市民"后花园"。试想，这样做是要有很大勇气的，是需要建立在足够包容和自信的基础上的。也很好地征示，这方水土赋予了当地人"山"之刚毅、仁厚、大气，"水"之包容、创新、进取。而这种山水融合的文化精神是有传承的、生生不息的。通过学生导游介绍，在溧阳发展史和天目湖建设史上，有两位县（市）委书记永远不能被忘记，永远要刻在南山石上。一位是上个世纪50年代末的县委书记颜景詹，另一位是90年代初的杨大伟。颜景詹是开湖功臣，他是在溧阳遭受严重水灾的危难情况下走马上任的。他上任伊始，就进行风餐露宿的调研，制定并实施了修筑沙河水库的重大工程，在工程建设面临民工口粮困难、遭到地委主要领导质疑和要求停工的情况下，他唯民生、唯科学、唯实干，不唯上、不教条、不气馁，宁可不要乌纱帽，最终顶着压力，凝心聚力，完成了这一泽溉溧阳的千秋工程，也即今天的美丽的天目湖。颜景詹是我们淮安人，我们为之骄傲，深怀敬意。颜老以99岁高龄离开我们，不真应了"仁者乐山、仁者寿"？斯人已逝，但在一抹苍山、一湖碧水之间，我们仍能依稀看到那个有点驼背、瘦瘦高高但坚毅不拔的身影。

而杨大伟书记的贡献是，让天目湖（实际那时叫沙河、大溪水库）走出"深闺"，由一个蓄洪排涝的水库变成旅游胜地，尽显靓丽身姿，那是要有眼光、有变革精神、有为当地人民谋未来的胸怀的。正是有了像颜景詹、杨大伟及今天决意将机关大院变成市民后花园的领导，他们的亲民、担当、坚韧、创新，引领和铸就了这个城市的发展之魂，充塞天地之间，与青山绿水融为一体，这或许才是我一个外乡人，透过湖光山色，对这座城市留下的最深刻的印象。

一所学校为地域文化所化，又能自度特色，溧阳中专就是这样的学校。这是我第一次走进这所校园,给我的第一感觉是大气,正门双层挑顶,如鹏展翼,简洁、明快、开放。漫步在校园内,从任何一个角度都能看到正门方向的一黛青山,由此会不会有"青青子衿、呦呦鹿鸣"的遐想呢?那是一种会让人沉下心来读书的悠然境界。我喜欢从细节处观学校,看这所学校里面的敦品励学的标语并不是很多,但所有的给我的感觉都是自己凝练出来的,并安放在适宜的位置,如行政楼中的"规范、公正、务实,向善、进取、阳光",学校正前方主楼石刻"德行、责任、能力",教学楼背墙上镌写"包容向善、积极进取、务实求精",我以为平易朴实,不自大,不空泛,不虚张,都很适切。不像我们有些学校图解社会主义核心价值观,弄得到处都是 24 字,这种靠视觉冲击的宣传未免浅薄,我并不认同。我看溧阳中专的这些个性化、人文化的标语就是对 24 字贴近自我的最好的解读和宣传,时时处处虽不见 24 字,却时时处处都是 24 字。教育没有自己的思想、定力和适切的表达方式,终究会埋于尘土。

这所学校有创新,她的电梯专业和导游专业的现代学徒制,是在真做,也做成真。关键是切准企业的需要,把企业放到共育人才的"驾驶席"上。未曾想到县级市的溧阳拥有电梯企业 70 多家,从业人员达 10 万人,在电梯安装与维保领域占据全国 65% 以上市场份额。看了学校电梯专业的培训基地,其现有规制、运作模式和发展的期望值已走在前面,与我去年到杭州职技院看到的电梯培训基地相较也毫不逊色。这个项目能赢得国家教学成果二等奖,并将基地打造成电梯技能国赛赛点,可谓名至实归。导游专业与天目湖旅行社结为一体,学生"游学"于"悠然见南山"的校园和青山绿水的天目湖景区,校企共育细化、实化最终达到"化人",听着那个学生导游娓娓道来的讲解,我们看到现代学徒制在这里落地生根、充满希望。

我欣赏这所学校顺应时变、着眼未来的创新,也看重她接续传承的坚守。据介绍,这所学校的前任校长来自普通高中,在办学导向上带有普教的色彩，比如重视对口高考。同时非常注重抓学生的行为规范养成教育，一枝一叶总关情，一言一行重守正，学校风气有了很大改变，这种好的做法又被现任领导传承下来并更好地接上职业学校的地气。走在校园内，放眼望去，建筑都不高，但错落有致，绿树掩映，让人安静、安心，真是读书的好地方。在教学楼内，看到学生上课的状态很好，教室后面的书包和打扫工具都呈一条线摆放。能看出，这不是临时做出的，而是一贯的保持。校园内并没有多少现代化的电子屏和图文写真的宣传，而是有不少块黑板，上面是学生出的黑板报，工整的粉笔字加上适合的粉笔画，我一点不觉得落伍、陈旧，这才是学生的"作品"，而在被各种快餐文化包围的今天，我们需要一方宁静的校园，需要"我手写我心"的作品，就像这静静伫立校园一角的"黑板报"。

我们离开溧阳的当天中午，才见到溧阳中专的王云清校长，他刚刚参加常州市高级校长的答辩赶回来，看他神采奕奕的样子，感觉发挥得很好。他还告诉我们，他领衔的教师创新团队已被常州市推荐参加省级评比。钦佩之余，也有感慨，我们职业学校的发展需要更多的这样有思想、有坚守、有开拓的校长。

车出溧阳中专校门的时候，又看到那一黛青山。人事代谢，青山依旧，但奔流不息的是一种接续努力的精神，溧阳的山水可作证。

仁宗之仁

庙号是历代君主死后在太庙立室奉祀时追尊的名号。"为人君，止于仁"，能够受尊"仁"字庙号的君主很不容易，从汉到唐没有，至宋有仁宗赵祯。寅恪先生有言：华夏民族之文化，历数千载之演进，而造极于赵宋之世。而赵宋经济文化最昌盛的当属仁宗时期。

历史演变固然有其内在的逻辑，但宋仁宗个人的仁怀和包容仍为那个时代留下很大的发展空间和值得回味的地方。宋仁宗有度量，他通过完善台谏制度来放开言路，也就有了能以一国之尊容忍包拯当面犯言直谏，唾沫星飞到脸上，举袖拂拭后继续听下去并接受了建议；甚至还能容忍谏官王拱辰抓住龙袍不放，听他奏陈罢免朝廷命官的上疏，并"纳其说"，罢了重臣夏竦。

宋仁宗之仁，还体现在他的宽恕待人、节俭自持上。他在苑中行走时忍住口渴不说，吃饭时嚼到一个石子不让声张，都是怕当事的侍从因此被责罚。他没有奢侈心，拒绝扩大御苑，穿浣洗过的旧衣，帷帐被衾等用的是缯絁类粗绸，夜里饿了想吃烧羊宁可忍着。他这样做看来不是为博取虚名，他拒绝将"玉清旧地"扩充为皇家园林的同时，下诏将其中的一大块地赐给国子监做学田，足显他的胸怀和远见。

为其仁，宋朝在这个时代文化思想表现出极大的包容性，儒家思想和释、道思想并行不悖又相互融合，达到新的境界。"和而不同"的士风得到涵咏和张扬，文人在比较宽松的氛围下，将文化的形态和内涵推到前所未有的高度。创新的智慧得到涌流，四大发明中的指南针、印刷和火药在这个时候得到长足发展。允许自由贸易，商人只要纳税，可以到处开店，最早的纸币"交子"也就应运而生了，都市繁荣一时，《清明上河图》和《东京梦华录》是最好的见证。外交上表现出较大的柔性，不轻言干戈，但也未见多少怯懦，最终和西夏、辽达成近半个世纪的相对和平，边境"互市"的繁荣可为明证。

小时受演义小说的影响，总认为宋朝暗弱，相信了蔡东藩的"宋鼻涕"之说。但现在再看历史，才知道误读了宋朝。足够的史料可以比较得出，宋朝疆域虽不如唐朝，但到仁宗时期，经济体量和繁荣程度远超唐朝，文化对唐有继承，但更有超越而开度一个新时代。而这一切，都与肇始于太祖光大于仁宗时的"文治天下"有很大关系，而贯穿其中的是一个"仁"字。

因为有了仁，就会把各种势力和意见融到一起，权力偏倚、放纵的机会就小了，一如《宋史》评价：（宋仁宗）在位四十二年之间，吏治若偷惰，而任事蔑残刻之人；刑法似纵弛，而决狱多平允之士。权力达到很好的平衡，国家自然不会陷入纷乱的局面。以"仁"为核心的忠厚之政，培壅宋三百余年之基。故仁宗驾崩的消息一传出，"京师（开封）罢市巷哭，数日不绝，虽乞丐与小儿，皆焚纸钱哭于大内之前"，讣告送到辽朝后，"燕境之人无远近皆哭"，辽道宗耶律洪基也抓着宋使的手，哀恸道："四十二年不识兵革矣。"又说："我要给他建一个衣冠冢，寄托哀思。"此后，辽朝历代君主"奉其御容如祖宗"。

历史会给每个人作出一个比较公正的评价，就如元朝脱脱编的《宋史》评价宋仁宗："为人君，止于仁。"帝诚无愧焉！

为君国谋长远

历史总在遵循一定的发展规律，会重复昨天的故事，那些闪烁在历史星空的光彩人物和他们的精神，会在后来的星空中重现，烛照当代。翻看《资治通鉴》到唐开国之初的恢宏斗争史，有这样一段记载：世民每破军克城，诸将佐争取宝货，玄龄独收采人物，致之幕府。又将佐有勇略者，玄龄必与之深相结，使为世民尽死力。就是说，李世民每打下一座城，诸多将领争着抢宝物，而谋士房玄龄忙着收罗人才，以备李世民所用。

读此，不由联想到秦末风云际会，《资治通鉴》的一段史录：沛公（刘邦）西入咸阳，诸将皆争走金帛财物之府分之；萧何独先入收秦丞相府图籍藏之，以此沛公得具知天下扼塞、户口多少、强弱之处。历史似乎有惊人的相似，刘邦和李世民都是一代开国雄主，能成就不世之业，关键在用人，并且用了一些关键人物。可以说，萧何是汉高祖的"关键先生"，刘邦论功，萧何第一，刘邦谓之"功人"，而其他功臣谓之"功狗"，追捕猎物，是猎狗的事，而指引猎狗追捕猎物的是猎人，此比实在是恰当；同样，房玄龄是唐太宗的"关键先生"，李世民建凌烟阁二十四功臣像，房玄龄等五人位居首功，"房谋杜断"一直传为佳话。

读这两段历史，萧、房二相虽隔八百多年，但他们身上表现出共同的取向"良禽择木而栖，良臣择主而事"，一旦确立自己的明主，竭忠尽智服务；不贪财，能做到这一点不容易，"文人不爱财，武人不惜死"，那样的王朝往往生机勃勃，战无不胜；因为有忠心，又不爱财，因而能为君主和国家深谋远虑。其中重要的是帮助君主尽可能罗致优秀人才，杜如晦就是房玄龄发现和举荐的；萧何月下追韩信，为刘邦追来了定夺天下的大将。在历史上，能不为眼前利益所惑，一心为君为国作更长远筹划和准备的并不多见。而出现这样的人物，既是个人的品质和境界促成，也离不开君主的识拔、信赖和重用。试想，作为君主，高高在上，若只喜欢听赞歌，整天被一些宵小、谄媚之徒所包围，萧何、房玄龄这样的贤臣能臣是不会走近的，即使有也不会被器重。只会像项羽一样，"连一范增而不能用"，最终落得兵败垓下、横刎乌江的结局，而自己在临死前还可笑地认为是"时不利兮"，实是"人不利兮"。

有长远眼光的君主必有深谋远虑的贤臣良将为之运筹帷幄。朱元璋起家时，就胸怀大志，注意招揽那些有学问、有远见的读书人为帐下谋士，虚心听取他们的意见。定远人李善长投奔他，向他建议要学习汉高祖刘邦，有气量，能容人，不滥杀人。朱元璋吸纳了李善长的建议，并重用他如萧何，后来事实证明，李善长善于"调和诸将"，为朱元璋夺天下发挥了不可替代的作用。在徽州，朱元璋向当地的学士朱升征求今后战略方针的意见，朱升建议他"高筑墙、广积粮、缓称王"，这一方针提得很有远见，朱元璋按照这一方针，不图虚名，不急功近利，一步一步完成统一中国的帝业。

历朝历代，兴也，勃也；衰也，亡也，关键在人。治国理政，最需要的还是如萧何、房玄龄及李善长这样的有长远眼光、忠心用事的能人吧，当然也需要领导者有胸怀、有眼光，五湖四海，不务虚名，不图近功，让这些能人担当有为。

疫考心得

疫情严重时，窝在家中的我拾有几点心得，摘录如下：

一、多难兴邦，国家承平既久，总会在一定阶段、一定时候面临考验，长远看，这也是历史规律，躲不开，也不用怕；辩证看，以此作为反思，作为锤炼，也能让我们常自警省，更为敬谨地治国理政。

二、信任是建立美好社会并久治良治的基础，如何避免陷入塔西佗陷阱，在面临重大危机和关切的时候，能凝聚民心民力，共纾时艰，值得深思。

三、闻鼓鼙而思良将。平时或看不出什么，而一临重大危机考验，就是考量我们执政者能力的时候了，真可谓"沧海横流方显英雄本色"。这种能力体现在见微知著的洞察力和预见力。宋神宗时，宫廷作坊的工人认为坊间门巷弯曲狭窄不便，请求改直拓宽，神宗认为门巷尺度是太祖亲自创制的，必有远虑，不同意改拓。后来，坊间工人因嫌工作太苦而作乱，结果只用一个老兵把守巷门，便成一夫当关之势，作乱者束手就擒。这种能力也体现在临机制变的担当和果敢上。汉武帝时有一能臣也是一诤臣，叫汲黯，有一次河内失火，烧了上千家，武帝让他去巡视。结果他跑了一圈回来报告说：一家失火，延烧千家，不足为虑。我经过河南，当地遭遇水旱灾害，一万多贫苦人家受灾，父子相食。我以

且行且思

圣上的旨意，持节开河南仓赈灾，请降我矫旨之罪。结果汉武帝不但没有降罪，后还重用了他。贯彻上级的意图指令和临机制变并不矛盾，符合矛盾的普遍性和特殊性原理。我们有不少干部，执行力很强，上面要求做的和明令禁止的，都能贯彻行动得很好，欠缺的是上面没有要求做，也没有禁止做，处于模糊区间时，审视力、研判力、决断力和开拓力就不够了。

王安石的原富观

读王安石《与马运判书》,觉得非常好,足显荆公与当时迂阔不切实际之诸官僚不同,兼济天下之才已展无疑。现录第一部分并译文如下:

(原文)尝以谓方今之所以穷空,不独费出之无节,又失所以生财之道故也。富其家者资之国,富其国者资之天下,欲富天下,则资之天地。盖为家者,不为其子生财;有父之严而子富焉,则何求而不得?今阖门而与其子市,而门之外莫入焉,虽尽得子之财,犹不富也。盖近世之言利虽善矣,皆有国者资天下之术耳,直相市于门之内而已,此其所以困与?

(译文)我曾认为现在国家财政穷困的原因,不单是开支没有节制,失去开发财源也是一个原因。家庭的富足依赖国家的富足,国家的富足依赖天下人民的富足,要使天下人民富足,就要依赖开发大自然。大概当家的人,不会向自己的儿子谋算钱财。有了父亲的严教,儿子就会致富起来,那还有什么需求不能得到呢?现在关起门来跟自己的儿子做买卖,门外的财富一点也进不来,虽然完全获得儿子的钱财,还是没有增加财富。近代谈论财政的言论虽然很不错,但都是当政者索取天下人民财富的方法罢了,这只不过足像父子关在门内做买卖一样罢了,这大概是国家穷困的原因吧?

我理解王安石的这段原富之论:1. 纾国家财力之困,富强天下,固然需要节流，开源更重要；2. 国富赖于民富；3. 眼睛要向外拓展，关起门来致富，何异于关上门在家和儿子交易谋财（当然，特定阶段和环境下也需要内循环）；4. 不与人民争财富，而是要引导人民开发致富。仅以此发端议论，我认为王安石在政治家、思想家、文学家外，还要加个经济学家，如梁启超评：呜呼，此其言，何其与今世经济学财政学原理相吻合之甚耶！荆公理财之政策，具于是矣！

我看这段议论有亚当·斯密《国富论》的精神会通，也有鉴于当前形势下国家如何处理好外开和内聚、国富和民富的关系。"尔曹身与名俱灭，不废江河万古流"，王安石的改革在特定历史阶段虽失败了，但他给我们这个国家追求国富民强道路上留下的，千载之下仍弥足珍贵。能为他更张声名，梁启超的《王安石传》值得一读，中国的历史需要有这样目光长远、敢于改革的人物。

古淮河边

分　界　线

早晨，被雨水洗过的古淮河显得湿湿的，有点薄雾轻笼的感觉，这条河可是国家认定的南北分界线，标志就在河上，一座废弃的老石桥孤零零地横亘两岸，增添了一种隔离感。我住的小区在南岸边上，因此我每天散步从南方到北方，再从北方回到南方，心中也隐隐会冒出一点"南方人"的优越感。实际上这一河之隔，也隔出了主城区和县区之分，也隔出相差还不算小的房价，也隔出了人与人的心中的沟壑。而这样的分界线都也不是人定的吗？想一想我们还有多少横亘在人们心头的分界线，还有多少正在预设的新的分界线。

"树树皆秋色，山山唯落晖。"我希望有一天再散步时，已不记得那南北分界线的标识，只是觉得"秋水共长天一色"，与宇宙同心，浑然一体。期待着有朝一日能修复那座已废弃的石桥，度己度人，度善度福！

秋　意

晚上又能和爱人沿着废黄河散步了，沿岸灯光点点，晕黄一川河水。走到北岸，忽然一阵风穿林而来，浃骨生凉，多日来的暑气和燥热几乎荡涤而尽。此时，前面人影舞动的广场，传来"……冰雪寒风，早已化作，早已化作，生命的精彩……"的歌声，藏族歌手的歌，自有一种与生俱来的苍凉和浑阔，在这丝丝凉凉的秋风中，又别有一种浸透灵魂的况味。

晨　　思

晨步于樱花园，至濯清桥，立桥上，满目青翠，四周岑寂，竟想起王维诗：木末芙蓉花，山中发红萼。涧户寂无人，纷纷开且落。有一种回归自然、一碧如洗的感动，此时如能歌，则切于这濯清桥取意，歌"沧浪之水清兮，可以濯吾缨；沧浪之水浊兮，可以濯吾足。"转而拾阶而上，来到报春亭，亭上一老人在吹奏《呼伦贝尔大草原》的曲子，空阔、雄浑而不失婉转悠扬。此时此地此景，"报春"二字沁人心扉，荡人心胸，又竟想起岑参的诗：故园东望路漫漫，双袖龙钟泪不干。马上相逢无纸笔，凭君传语报平安。这就是唐人的气象吧，或张或弛，可放可收，或是"萧关逢候骑、都护在燕然"的那番马不停蹄的悾偬，也亦可以"行到水穷处，坐看云起时"的恬然自适。

夏　　韵

早起！早起！走走停停，涤荡心肺，享受夏阴。古淮河涨汛消退了，留下湿漉漉的岸和浓翠欲滴的垂柳。钓鱼人三三两两在河边阴凉下垂钓，那份悠闲，似乎并不期待鱼儿上钩，而是在消受着夏日时光。

向东！向东！阳光透过绿荫更有一种炫目的感觉，曙光路是实如其名啊！曾经的用心培植，为古淮河两岸留下如今的绿树葱茏、浓阴匝地。此时，有人在空地上打球，有人在林荫道上晨跑，这座城市在保持着她生命的律动。

记下这城市的美，也记着她的好！

最忆清江浦

醉美清江浦

"运河三千里,最忆清江浦",我常在这里盘桓流连,俯仰古今。

今夜胜景依旧,慈云寺的佛光摇曳在波光里,晕黄一川河水。乐声荡漾在水面上,每一个音符都在穿透历史的记忆,或高亢,是陈瑄截水建闸的赫赫声雷,是高斌绩奏安澜的凯旋乐章;或低徊,是南北金戈铁马的生死悲歌,是靳辅束水治淮的跌宕绝响;或延绵,是运河轴轳千里的九曲之颂,是袁浦烟波浩渺的拍岸涛声;或婉转,是清浦南船北马的羁旅行吟,是花街血色罗裙的夜夜笙箫。

今宵和着这乐声,真是叠彩铺金,夜色怡人,美景琳琅,欢欣喜悦情和畅,令人陶醉和遐思!

御 碑 亭

晚信步大闸口,御碑亭旁依然有一群老人在演唱淮剧,很投入,不觉中有一段高亢,也铺衍一段缠绵,似乎在演绎悠悠运河的风流蕴藉。那御碑亭上"绩奏安澜"的碑刻,几可以让人遥想当年胜利者策马扬鞭的健硕身影,但万事成败转头空,唯有一轮明月静照、一座寺塔相依的运河，似乎在诉说那金戈铁马和血色罗裙共衍的故事……

水 渡 口

隔河而望，只有这"水渡口"三个字还在岁月的磨蚀和轮回中提醒人们，这里曾是南船北马的渡口。

昔日的胜景和繁华还可以蹑迹追寻，有文庙，崇文重教之隆盛之地；有慈云寺、国师塔、青龙寺，至今香火不断、佛光普照；有都天庙、钵池山，承道家之余绪；有古清真寺，静静依着越河，那株300多年的古柏似在诉说着里运河的沧桑；还有那基督教的福音堂，依然守护在街角，医人医心。

一种包容，一种守望，一种渡人。

今天，这里有渡口在，依然需要以"宽容"为舟，兼收并蓄，渡己渡人！

二 公 祠

晚和爱人漫步文庙东、运河畔，见陈潘二公祠，遥想二公当年提綍江淮，浚治运河，功勋卓著，泽被一方，遂题小诗《二公祠题》：运河流连三千里，曾经波折万千转。寻得二公祠尚在，最是英雄寂寞时。

人间烟火在，运河水波漾。此一方子民则永远记住那些实心任事、一心为民的清官。

半 月

临近中秋，今晚我又徘徊在这桨声灯影的运河，看那缺月挂疏桐。那是玉琳大师衣袂飘飘、担风袖月而来的一轮月；那是和千里烟波的运河相依、与扬州分得的二分月；那是淮水东边、夜深还过女墙来的旧时月；那是历尽阴晦、云破而来弄花影的那轮皓月。

站在若飞桥上，微微凉风袭来，竟有冷浸一天秋碧的感觉。"忽有故人心上过，回首山河已是秋"，一番苍凉、几多感慨、半生豪情竟付这半轮月照中。

圆　月

此夜，月在、河在、塔在、人在，更有心在。

是太白诗人的"愁心"，寄于明月，随风万里；是玉琳大师的"佛心"，波动清涟，濯于月心；是阳明先生的"朗心"，此心光明，千古无缺；是江淮俊杰的"雄心"，追星赶月，气贯长河；是芸芸众生的"信心"，心向明月，何照沟渠？

月朗星稀，灯火阑珊，独立桥头，望月怀远、怀人、怀旧，风流俊赏，千番万番，还是觉得苏轼的那最好：但愿人长久，千里共婵娟。

且行且思

百年再约

今日非凡,今夜璀璨。我徜徉至清江浦闸口,人群如织,歌者、舞者、奏者,更甚于往日,透着生机勃勃的喜庆。若飞桥边,是光明萨克斯管俱乐部在庆祝演出;梨园亭前,是里运河合唱团在尽情放歌。这民间自发组织庆祝所释放出来的热爱和敬意,是人民发自心底的宗奉和礼赞,也更让我为之热血涌动。

在这弦歌之夜,驻足潺湲东流、逝者如斯的运河,我禁不住有个跨越时空的追问:百年前的南湖游船上,那是一个怎样的百年之约?我的思绪又飞到五代,飞到后周,又想起世宗柴荣的那个"三个十年之约":世宗登基后有一统天下之志,他问懂相术的臣下王朴:我当得多少年?王朴回答说三十年后我就不知道了。世宗柴荣朗声道:三十年够了,我当以十年开拓天下,十年养百姓,十年致太平。可惜天妒英才,不到五年,正当柴荣气势如虹的时候,竟染疾陨落。试想,如柴荣得约三十年,以其"神武伟略",那造就的一定不是后来的,面对强敌入侵,苟且求和,被后来史家揶揄为"宋鼻涕"的"弱宋"。历史虽不可假设,但那些以天下为怀,把人民存在心头的英雄们、史诗人物,即使事业未竟、功败垂成,依然获得人民的最大尊重和敬意,柴荣当如斯,在里运河畔的吴公祠、陈潘二公祠所供奉的吴棠、陈瑄、潘季驯等公当如斯,而那些在江淮大地上殒身浴血、传载百年党史的英烈们更如斯。

我清晰记得,我上大学的第一堂课上,教我们《古代文学》的儒雅的吴锦先生在黑板上笔走龙蛇写了八个字：艰难困苦，玉汝于成。后我从教期间，总模仿先生，在给学生的首堂课上写下这八个字。上大学时，我还十分喜爱并能完整背诵老北大的校歌《燕园情》：红楼飞雪，一时英杰，先哲曾书写，爱国进步民主科学；忆昔长别，阳关千叠，狂歌曾竞夜，收拾山河待百年约。我们来自江南塞北，情系着城镇乡野；我们走向海角天涯，指点着三山五岳。我们今天东风桃李，用青春完成作业；我们明天巨木成林，让中华震惊世界。燕园情，千千结，问少年心事。眼底未名水，胸中黄河月。和前面的八个字一样，我会在我教的学生的第一节课上，抄给他们并让他们背下来。

今夜灿烂，狂歌竞夜，站在这个节点上，是不是再来一个"百年约"？当然已不是当年面对山河破碎的"收拾山河之约"，而是今天身处江山多娇的"壮我河山之约"。无论过去，还是将来，"艰难困苦，玉汝于成"都将熔铸到血脉，激励我们前行，一个政党百年风华、一路征程所建树和凝聚起来的物质和精神成果，所形成的号召力和发展优势，谁还会怀疑顾准所预测的"中国的神武景气必将到来"？

今夜无眠，今夜有约！

人生二题

清 明

清明似花，一冬的寒孕，终于在这个时刻铺开春的风情。

清明如茵，满野的麦绿，那是萧杀后泪水血水的浆润。

清明化蝶，飞扬的纸灰，总会在那一天染成杜鹃幻成翩翩起舞的蝶儿。

清明是诗，盈尺的碑碣，拉长而成逝者和生者之间悠远绵长的牧歌。

清明，也就是红楼中妙玉收的梅花上的一鬼脸青雪；也仿佛胡适先生的那或共舞或天地相隔的两只蝴蝶。

父亲说：今年的麦子怎么长得这么好？

生命总是在被沉埋压抑后变得更为倔强，就如那垄间石缝中伸展而出的小草，勃勃有生机！

中 秋

古人有古人的月，
今人有今人的月；

你有你的月,
我有我的月。

藏她在《诗经》里,
在木铎声声中唱一曲:
月出皎兮,佼人僚兮。

飞度到秦汉的边关,
水银泻地般的清辉抚平了:
黄尘古道,鼓角铮鸣。

梦回秦娥杳去的秦楼,
一襟晚照写不尽黄钟大吕的凄美:
西风残照,汉家陵阙。

无人会,月下独酌意,
追不回,扬州二分月,
难浅问,今夕是何年?
更无那,飞镜又重磨。

明月究竟在哪方?
不如回归,不如回归!

那一轮明月,
是故乡老宅门前的一眼水井,
花在井中,月在井中。

且行且思

那一轮明月，
是白马湖的一碧秋水，
星河帆转，渔火点点。

那一轮明月，
是奶奶土制的月饼，
香也又甜，甜也又香。

那一轮明月，
是母亲刺绣的枕套，
碧月柔心，何日是报？

那一轮明月啊，
已与千里运河共皓影，
摇曳在粼粼波光里，
沉浸在欸乃橹声中。

那是卞之琳笔下的明月，
装饰了你的窗子，
你装饰了别人的梦。

古人的月是今人的月，
今人的月是古人的月；
我的月是你的月，
你的月是我的月。

西游随谈

这是一支国际团队

读西游,我们可能没太注意到,这到西天取经的师徒四人小分队可是一支国际团队啊!这不是我说的,是唐僧在西梁女国对那位美女国王如此介绍的:大的个徒弟,祖贯东胜神洲傲来国人氏,第二个乃西牛贺洲乌斯庄人氏,第三个乃流沙河人氏。而唐僧自己是南赡部洲的,正宗的中国人。

既然是国际团队,那当按国际规则来组队行事。首先要确认身份上的平等,但唐僧没去做,或者也没意识到,在到女儿国之前,通关文牒也就是出国签证上只有他一个人的名字,还是这女儿国国王发现指出后,当着唐僧的面将孙悟空、猪悟能、沙悟净三人的名字郑重其事写上去。我看这女儿国国王就很不错,开明开放,还懂得按国际规则来行事。

其次凡事要平等协商,但在这个团队中似乎没怎么看到。唐僧成了这个团队的道德标准和象征,他的就是对的,基本不尊重他国队员的意见,尤其是东胜神洲傲来国队员的意见,不过西牛贺洲和流沙河国队员很乖巧,基本不提反对意见。唐僧之所以能这样,是因为他自恃有"紧箍咒",有了"紧箍咒",就能拿住桀骜不驯的傲来国队员,制衡住傲来国队员，那其他国队员就不敢翻浪了。我看那唐僧貌似软弱，实际颇有制衡之术，其内心的霸道就像今天美利坚合众国的特朗普，有了美元和强大武器的"紧箍咒"，是可以不遵守国际规则的，是可以我行我素的。而在托克维尔认为，民主和平等是美国的建国精神和价值追求。

1620年，那样一群在国内受到迫害的英国清教徒，乘着一艘叫"五月花"号的船，经历不亚于西天取经的海上艰险，来到北美大陆。抵岸后，他们没有立即登岸，他们当中的41名男子在船舱中发起签订了著名的《五月花号公约》，那就是要在新大陆建立一个民主自治共同体，建立一个理想的"山巅之城"，也就是后来的美利坚合众国。公约虽简，但体现了后来一度被美国人视为生命的精神追求：契约、法律、民主、平等和对个体权利的保证。今天的美国是不是因其过于强大，亦或包袱太重，已偏离了他的"初心"？仁者见仁，智者见智。

总之，任何一个国家，要完成"西天取经"的大业，必须建立一个强大的团队，而这个团队出发之前，交给他的，我想不只是观世音菩萨给唐僧的"紧箍咒"，元始天尊给姜子牙的"四不像、杏黄旗、打神鞭"，而能不能从各国、各民族文化元素中汲取形成人类共同的契约精神、法治精神、和美精神，以此为国际取经团队的心印，内照于心，外约于行，如此，可以期待，人类将有一次更美好的出发。

两个妖怪的不同下场

近读西游，注意到两个妖怪，一是从观世音莲花池中偷跑出在通天河作恶的金鱼怪，一是从雷音寺如来经座下逃脱出来在毒敌山琵琶洞占山为恶的蝎子精。这两个妖怪在取经途中的众多魔怪中并不出名，但其经历和最后的结果倒有耐人寻味之处。

常言：经是好经，被人念歪了。但这两个妖怪的行为却让人对"经是好经"有了一点怀疑。先说那金鱼怪，每日在观世音菩萨莲台下莲花池中浮头听经，结果不但没有修成正果，反而生出邪心，找机会溜出，在通天河聚集一帮水怪，强迫当地老百姓供奉童男童女来享用。如此造孽，不由令人发问，难道观音菩萨日日诵念的"经"没有一点教化作用吗？再说那蝎子精，倒是自己主动跑到雷音寺如来处听佛谈经，结果不但没听进去，没有达到迦叶"拈花微笑"、心领神会的境界，反而在如来推了他一下的情况下，掉头用钩子扎了如来的手指，然后跑到毒敌山为害一方。看来如来的经也有问题啊，如稍有感化，都不会有如此胆量反扎众生景仰膜拜的真佛。

经是不是好经，不是靠传经者的地位和身份来定的，要看受众的认同和践行效果。否则，为何有人背离习总书记教导的传布正确思想的方式，念出那听似句句顶真、却让人昏昏欲睡的所谓"真经"；为何有些为人师者，满堂念经，你说他哪句是假，有何不对，但为什么学生兴味索然？为何有那些家长整天对孩子喋喋不休那"三字经"，孩子们却离经叛道，做出那令人痛心的决绝事情？更有那不久前横空出世、惊世骇俗的《平安经》，你说他"祝这也平安、那也平安"，不对吗？不好吗？但读后，有良知者都会认为这是对中国文字、中国文学和中国人智商的一种"侮辱"，出现这样的"经"，有必要痛定反思。

菩萨端坐莲台，念念有词，但她并未有心关注台下的受众；如来普渡众生，应平等对待一切来求经者，为何不合推蝎子精一把，看来还是西天佛主对外来者有歧视。经是不是好经，不图见于文字，也不空念于口中，而在于心，践于行，有心在，有行证，终归是好经。

我们再从这两怪的结局上看看，似也看出那高踞云端的佛和菩萨也有失之公允的地方。那菩萨编好鱼篮来收金鱼怪，口中念到：死的住，活的去！死的住，活的去！结果金鱼被活的收归了，那跟着金鱼怪的一洞的水怪鱼精死烂了，金鱼怪是首恶和元凶，当严惩，如此处置，合乎佛家法度吗？是不是有亲疏远近的区别呢？金鱼是菩萨身边的，逃出来作恶，菩萨是不是该承担教导不力、钤束不严的责任？该不该向当地受害的老百姓道歉？但最后的场面是，菩萨收了金鱼怪，在孙悟空的劝怂下，竟心安理得接受了当地男女老幼在泥水中的磕头跪拜。这佛主如来也不无私心啊！那蝎子精扎了他一下，以他的手段，立马可以收服惩治，但却放此精出去为害，待到危害严重的时候，又让观世音菩萨出面告诉孙悟空去请昴日星官来收治蝎子精，如此行藏，是不是有假手于人、推卸责任的嫌疑呢？听任昴日星官一声鸡叫将蝎子精处死，猪八戒上去用钉耙将其捣成肉酱（猪悟能往往在这时候最英雄）。金鱼怪和蝎子精差不多的犯罪行为，受到一活一死不一样的惩罚，孰远孰近，孰亲孰疏，判若分明。

　　我一直说我们的老乡吴承恩非常的了不起，一部西游，不是打打闹闹，当中有深沉的发端和意味。可叹的是"诗家总爱西昆好，独恨无人作郑笺"！

学学王熙凤式管理

身处疫情紧要关口,建议身处一线的干部在百忙中抽半小时看看《红楼梦》第十三、十四回,看看王熙凤是如何协理宁国府办好秦可卿的丧事的。我总结了一下,王熙凤这件事中展示了六个方面的胆识和管理才能:

一、敢于临危受命。可卿一死,宁国府乱了套,贾珍夫人尤氏病倒,无人主事,在这个时候贾珍经宝玉推荐,竭力请王熙凤出来料理,在王夫人还有点犹豫的情况下,凤姐主动揽了下来,这是要有几分勇气的。

二、谋定而后动。凤姐不是上去就三把火,而是一个人先坐在抱厦里半天,把事情想清楚,她首先从问题入手,总结出宁国府在管理上的五个问题:头一件是人口混杂,遗失东西;第二件,事无专执,临期推诿;第三件,需用过费,滥支冒领;第四件,任无大小,苦乐不均;第五件,家人豪纵,有脸者不服钤束,无脸者不能上进。这五个问题抓得好,就是从这五个问题对症下药,凤姐把事情办得妥妥贴贴。

三、分工明确,人人知道干什么。凤姐先让手下人登记造册,掌握宁国府的人财物,以便调度。随后就是召集一干人等,分配任务,哪些人?在什么岗位上?领取哪些物品?干什么事?承担什么责任?清清楚楚,明明白白,不交叉,不冲突。如此一搞,有序多了,如书中所描述:"便是人来客往,也都安静了,不比先前一个正摆茶,又去端饭,正陪举哀,又顾接客。如这些无头绪、慌乱、推托、偷闲、窃取等弊,次日一概都蠲了。"

四、监督跟上去。凤姐有"凤辣子"之称,是有点狠劲的,有没有落实,落实好不好,她要求宁国府女管家来升家的做"工作总监",每天揽总查看,或有偷懒的、赌钱吃酒的、打架拌嘴的,随时汇报。并正告来升家的,如徇私情,不会给老面子。

五、杀一儆百,树威立信。有一个当事的迟到,凤姐毫不留情,立马喝出去打二十大板,罚一月银米。众人被震慑,不敢偷闲,自此兢兢业业,执事保全。

六、肚里一本明白账,绝不被人蒙蔽。书中有个细节,荣国府有四人来拿牌领东西,凤姐让手下人把帖子念了,听了一共四件,指着其中两件说到"这两件开销错了,再算清了来取",说着掷下帖子,那二人扫兴而去。做官切莫做糊涂官,涉及人命关天大事情,我们负责人如果连几个关键数据都掌握不清,如何能带领人民共渡难关?

读了这两回红楼梦,我相信,危机关头,我们身负人民重托的领导当冷静下来,好好捋一捋,如何以科学的态度、清晰的思路、果敢的作风、有力的统筹、高效的举措,打赢这场抗疫战。不要老是寄希望民众像鸵鸟一样埋下头,不可能也不现实,唯有心系人民,依靠人民,科学施策,协同管理,用人成事,方能破解危局,走出困境。

再读《红楼梦》,尤其是这两回,我才终于明白毛泽东为什么把她当做历史书来读了。

新旅精神之体悟

今天我们在这里重温新旅历史，学习总书记给新安小学学生的"六一"回信，在党的百年历史的记忆和洞察中，思考和回应"如何弘扬新时代新旅精神"。我理解的"新旅精神"应有三个要义：责任、信心和担当。

一是责任。新旅精神中的责任，是"读万卷书、行万里路"、知行合一、勇于实践的社会责任；是"天下兴亡、匹夫有责"、把个人成长和国家命运连在一起的家国责任；是在党的领导下，以民族解放、人民幸福为己任的使命担当。于今，这种责任应赋予新的时代内涵，应得到传续和强化。受新旅精神感召，我们国内有一所高职院校大力推行"责任教育"，他的校长将"天下兴亡、匹夫有责"改为"天下兴亡、我的责任"，强化个体责任和集体共治。在他的学校内，没有后勤工人，所有的活儿都是学生自己干的；学校实行学长制，三年级学生带一年级学生；哪个学生要是报告说今天卫生没打扫，是×××学生值日，这个报告的学生是要被批评和挨罚的。有了这样的一种责任教育，我们何愁不能锻塑出负责人的学校和有责任心的教师？何愁不能培育出"竖起脊梁担当"的学生？我们需要在各级各类学校更广泛地推行责任教育，让我们每一位学生在这样的教育下建树起对他人、学校、家庭、社会和国家的责任。

二是信心。新旅成立于民族危难之际，历经17年，辗转5万余里，足迹遍及大半中国，其艰苦卓绝的努力和坚持靠的是一种信心，对革命道路的信心，对民族前途的信心。今天，学习新旅精神，就是要用总书记提出的"四个自信"来塑造"教育自信"。我和职教同仁交流的时候，经常举顾准的例子，顾准是中国当代思想家、经济学家、历史学家，50到70年代，在屡遭打击、处境异常艰难之下，他始终保持对国家命运和前途的关注、研究和思考，对中国的未来持有坚定的信心，1974年，他临终前，躺在病榻上，对他的弟子、当今著名经济学家吴敬琏说：中国的神武景气迟早会到来，你们要守时待机，迎刃而上。我和职教同仁相互勉励：职业教育作为类型教育，作为国民教育体系的重要组成部分，作为国家发展的战略需要，其重要地位将不可逆转地得到凸显和重视，职业教育的"神武景气"迟早会到来。

三是担当。我上大学的第一堂课上，教我们《古代文学》的吴锦先生在黑板上写了八个字：艰难困苦、玉汝于成。我始终铭记在心，并传给我的学生。清华历史上永远的校长梅贻琦先生，除了提出有名的"大师论"：大学之大，非大楼之谓也，大师之谓也，还提出"力行论"：为政不在多言，故力行何如尔？他还提出"从游论"：学校犹水也，师生犹鱼也，其行动犹游泳也，大鱼前导，小鱼尾随，是从游也。从游既久，其濡染观摩之效自不求而至，不为而成。我在想，新旅所张扬的、所担当的、所传承的不就是这样一种咬定目标，虽千万人吾往矣，艰难困苦、玉汝于成，上穷碧落、身体力行的精神，不就是这样一种师生一体、共治共育、砥砺濡染、积极向上的学校文化。

我们相信，有了这样的责任、信心和担当，我们的教育、我们的学校一定能肩负起"为党育人、为国育才"的历史使命和时代重任。

度善古桥

我不久前认识的南通高校的一位老师昨天发了一张桥的照片，是他的家乡如皋的迎春桥。如皋我没有去过，从照片中可看出这座桥有历史了，特别引起我注意的是桥栏上一行斑驳的字：愿人常行好事。平易、朴实、暖人，耐人寻味。桥是渡人的，我想从这座桥过往的人一定会对这行字留下深刻印象，会不由地唤醒那颗向善的心，为自己找到一座度人度己的桥，或许这也是如皋能成为长寿之乡的秘笈吧！

我生活的这座城市，是有历史底蕴的城市，水多，河道纵横，湖泊相依，桥自然也多。当下这座城市正如火如荼地搞全国文明城市创建，对此，我以为一方面要向前看，把城市装点得现代靓丽，另一方面还要回头看，体现历史文化名城的内蕴和品味。能不能对那些店招、店牌及宣传的标语考究考究，恢复一些古韵古貌古风的东西，也能不能弄出一些像这个如皋的迎春桥上的平易的警世劝善之语，在芸芸众生的心海中搭建一座座度善的桥，让人为之驻足，为之留连，为之清心，成自然文明之风，深化到这座城市的血脉中。

该支持什么样的民办学校？

该支持什么样的民办学校？我认为要考察一下历史，以史为鉴，真伪可辨，优劣自现。

张伯苓先生办南开系（小学到大学）私立学校，主要靠各路"化缘"，先生戏称自己为"化缘和尚"。学生学费很低，学校绝不靠卖文凭赚钱，先生得知周恩来生活很困难，免了他的学费，保送他到欧洲留学。像这样的民办学校应大力支持。

马相伯捐出自家在徐家汇的3000亩地，倾资举办教会学校复旦公学（复旦大学前身），他儿子去世后，他的学生于右任、邵力子等筹募万元作为他孙女的培养费，结果被他捐给学校。像这样的民办学校是不是应大力支持？

我今年去了一趟南通，对张謇作了近距离了解，他不仅投实业，更重教育，穷尽资产，只予不取，在南通办了400多所学校，振兴一方教育，至今南通教育深受其泽。像这样的民办学校是不是应大力支持？

更有我们淮安人李更生，秉持"兴邦必兴教育"信念，毁家办学，其高风亮节得到毛泽东的赞誉。像这样的民办学校是不是应大力支持？

有这样的兴教办学的先贤作为标杆，是完全可以衡量出时下哪些是"真教育"，哪些是"假教育"，也能测出我们的那些民办教育举办者有几许教育情怀和风骨。

抚今追昔话部长

最近教育部长换人了，很多人希望新人能有新政新招，改变教育现状。也注意到网上有人致部长公开信，建言献策。一番良苦之心可以理解，但我认为，在由"有学上"向"上好学"转变的进程中，中国教育面临的问题是复杂的系统性、体制性问题，指望换个部长就能解决，有点不太现实，也有点急于事功。

教育部长是公认的中国最难当的部长，之所以难当，主要是教育关系家家、人人，而教育的很多问题是长期累积形成的，但"账"往往会算到现任部长身上。二是有的问题是教育以外的问题，但"账"也会算到教育头上，比如职业教育认同度低的问题，那是你社会评价和收入分配有问题，如果我们能把高级技工的待遇提到和大学教授差不多，情况会不会是这样？再比如学区房问题，这都不是教育自身能解决的，但一旦爆发出来，教育系统往往首当其咎，部长也要受责。

谁来做教育部长？晚近以来，从北洋政府、国民政府到解放后新中国，都作过不同角色的尝试，主要不外乎两种：一是纯行政官员出任，二是专家学者尤其是大学校长掌印。你说哪一种更好，还不好明断，总的看来，行政官员出任部长的优势在于，在中国行政体制一直占据主导的情况下，有利于对上争取支持。而后者更有利于把教育办得更专业，符合规律。我觉得现在不管谁来做部长，都有必要回头看看中国近代以来教育发展的轨迹，回望历史的星空，一任又一任部长，他们曾经的思和为，当有所借鉴，即使是失败的，甚至被痛诟的，也可以提供反面的教益。我在这里想说说的是第二种专家学者型的部长，他们给中国的教育留下了什么？

首先要推蔡元培。可以这么说，没有蔡元培，就没有现代意义上的北大和中国高等教育。子民先生先做教育总（部）长，后做北大校长。1912年，先生以开国元勋身份任中华民国临时政府教育总长，仅半年多，不满袁世凯专权，愤然辞职，然而就是这半年，他为中国教育作出了不起的贡献，呕心沥血，主制了《普通教育暂行办法》《大学令》《中学令》，奠定了从幼儿园到小学、初中、高中，乃至大学及研究院的中国现代教育体制。1917年，他履任北大校长，不到两年，变旧式衙门学堂而为现代大学，可以说这是他在任总长时就已形成的教育思想的生动实践。今天的教育变革声声，是不能忽略蔡元培先生当年发出的强音的。他的"学术自由，兼容并包""教授治校""以美育代宗教"等等思想，于今仍有深刻启示，值得借鉴，反照之下，可能我们今天教育没做好的地方，恰恰是先生当年极力提倡并卓有建树的地方。在此我要澄清一下"学术自由"，我认为今天倡导的"学术自由"主要是治学环境的宽容而不失谨严，也即总书记在院士大会上立言定规：进一步为科技管理改革做"减法"，扩大科研相关自主权，让科研人员从繁琐、不必要的体制机制束缚中解放出来；亦是先生所强调的：大学首先是研究学问的机关。多给她一份安静和从容吧！

这里要提到一位足堪教育部长大任而未任的先生，他就是黄炎培，北洋政府曾邀他任教育总长，被他拒绝了，这当中可能有"道不同，不相为谋"的考虑。但我在想，这样一位学贯中西、与毛泽东有"周期律"窑中对的思想大家，这样一位深结教育救国情怀、从最基层的平民教育、职业教育做起的教育大家，若当时受任领衔中国教育，一定是中国教育的"福分"，其格局一定不小、其成效当为卓著。我们若能循着先生当年确立的"大职业教育观"擘画蓝图、精准施策，中国的职业教育一定会有"神武景气"的一天。

下面要说说建国后两任教育部长马叙伦和张奚若,他们都是民主人士,到1958年,分别做了3年、6年的教育部长,马先生还做了两年的高等教育部长。能让民主人士担任教育部长达9年,一是基于两位先生当世公认的大学者和教育家的地位,二也体现了我党在建国初期海纳百川、唯才是用的开明和包容。马叙伦先生是民进的创始人,北大教授,先后做过北洋政府和国民政府的教育部长,是由他首先提议以《义勇军进行曲》作为国歌的。张奚若先生长期任教清华,建国后还长期任中国外交学会会长,是他建议新中国取名为"中华人民共和国"。两位部长受命后,衔环结草,殚精竭虑,从善如流,又极其严谨,力倡爱国主义教育、公民教育、劳动教育,完善课程和学制,推广普通话,在百废待兴中首先"兴起教育",贡献之大,令人尊敬。而他们磁石一心为国家,敢于直言,也让人油然而生敬意。看来做教育部长担子不轻,除了学术和品格内蕴,还要有足够的时代担当,一事当前,不苟且,不退缩,真得要有"为往圣继绝学"的勇气。

列数建国后的教育部长,能把学术和行政兼容得很好、取得卓越成绩的,我首推蒋南翔部长。他的教育思想和成就首先建树于他担任清华大学书记和校长期间。他学于清华,在校期间就参加青运,"华北之大,已放不下一张安静的课桌"的一声呐喊,已显出他的卓尔不凡的坚定和无畏。我们尊敬他是马克思主义的教育家,但他身上没有一点教条和专断,他把马克思主义教育思想以一种润物无声的方式,植入到清华大学——这所美国庚子赔款建起的学校的校魂中。姑且不谈他那些公认的、对清华发展起到开拓性的贡献,仅从他秉承清华热爱体育的传统,1964年为清华"体育之父"马约翰老师举行服务清华五十周年庆祝大会(1939年西南联大梅贻琦校长为马约翰举行服务清华二十五周年大会),并藉此向清华师生发出号召:把身体锻炼好,为祖国健康工作50年。我们看到的是一位有活力的、开明的校长和书记。而正是在他的引领下,"又红又专"与"自强不息"的校训相映照,在清华得到最生动的实践和征示。因此,文革结束后,由小平同志点将,也是众望所归,蒋南翔再度出任教育部长,又一次的百废待兴中,他扛起并顺利完成教育"拨乱反正、正本清源"的重任。他有大局观,有改革的魄力。他精心规制各类教育,提出大力发展职业教育,并且在他考察过欧美各国教育后,提出职业教育要学德国,尤其是要学德国的双元制。我们不能不佩服他当时的敏锐和远见。尽管我们今天学习德国双元制并不理想,但绝不是蒋部长当年方向把握错了,主要是我们没有做好学生,没有很好地植根中国的土壤学习双元制。回顾几十年的教育历程,"经是好的,被念歪"的现象还少吗?或许新部长履新后还要注意,可能教育在某些地方并不缺少先进的理念和制度,而是缺少将这些理念和制度转化为务实行动的决心和持久力。

  以我的知识和理解,来话说这几位人格高尚、在中国近现代教育史上卓有建树的大师级的人物,实在有点不知深浅。但我能感悟到,中国教育史上最鲜亮的地方一定是用情怀来抒写的,一如范仲淹在严子陵祠中所书:云山苍苍,江水泱泱,先生之风,山高水长",蔡元培、黄炎培、马叙伦、张奚若、蒋南翔……从内心来说,我们更愿意尊他们一声"先生",而不是"部长",先生的称呼是青山不老、绿水长存的。

  宋初大儒胡瑗倡言:致天下之治者在人才,成天下之才者在教化,教化之所本者在学校。任何教育部长秉此箴言,一以贯之,则教育必兴。

无界之界

今年,清华的邱勇校长挑了海明威的《老人与海》这本书,随着录取通知书寄赠给新生,这个做法已坚持有几年,当初我就认为是个很"人文"的做法。印象中前两年赠的是梭罗的《瓦尔登湖》,这两本名著的作者都是美国人。我知前几年网上对此做法多予肯定,一片赞好。今年,却从网上发现有不少批评的声音,甚至有人指责邱勇崇洋媚外,并质疑邱校长为何不选中国名著。加之邱勇在美国留过洋,似乎更做实了这样的批评。

对此,我还真有些不解,像海明威和《老人与海》、梭罗和《瓦尔登湖》,早已不仅属于美国,而且属于世界的了,为世界人民所"共飨"。按上述批评者的逻辑,如果国外有大学校长向新生赠送《红楼梦》,那是不是也应该被别国人民痛斥为"崇洋媚外",据说,《毛泽东选集》也会成为西点军校学生的指定读物,那是不是也要招致同样的批评?

1909年,辜鸿铭先生的英文著本《中国的牛津运动》出版,在欧洲尤其是德国产生巨大的影响,一些大学哲学系将其列为必读参考书。精通九国外语的辜先生还为这本书出了德文译本,书名是《为中国反对欧洲观念而辩护:批判论文》,直接表明此书的目的是捍卫中华文化、批判欧洲文化的。能把反对我的书列为我的必读书目,这样的胸襟是我们走向世界所欠缺的,也是极其需要的。世界大潮,浩浩荡荡,我们切莫再做"智识上的义和团",盲目排外的结果在近代中国早有教训在前。

前一阶段有一种"去鲁迅化"的议论,我想理智的中国人不但不能有这样的做法,连想法都不能有。仅以吸收外来文化而言,还有谁的文章能超越鲁迅先生的《拿来主义》和《看镜有感》?来得那么警省、那么深刻、那么准确!先生明白地告诉我们,当一个国家(如汉唐)真正强大的时候,"人民具有不至于为异族奴隶的自信心,或者竟毫未想到,凡取用外来事物的时候,就如将彼俘来一样,自由驱使,绝不介怀。"

是不是鲁迅先生的深刻触动了一些人的神经,而有了"去鲁迅化"的思端?如有,我觉得有必要以郁达夫在鲁迅追悼会上的悼词警醒之,"一个没有英雄的民族是不幸的,一个有英雄却不知敬重爱惜的民族是不可救药的,有了伟大的人物,而不知拥护,爱戴,崇仰的国家,是没有希望的奴隶之邦。"我以为,中国在吐故纳新、追求世界大同(人类命运共同体)的进程中,鲁迅先生一刻也不能少,他的那些有深度、有力度也有温度的文字,永远指引我们前行。

工作日中午,我是在办公室休息的,躺在可后放的座椅上,在旁边的窗台放上各色我喜欢的一些书,躺着翻翻,那是一种惬意的享受。其中就有一本《瓦尔登湖》,每次翻看两页,确实让我从骨髓中沉浸到梭罗笔下的自然境界中,内心得到平静。还有洪应明的《菜根谭》,"闲看庭前花开花落""漫随天外云卷云舒",那样的一种心境和智慧,今人有不能企及的地方。

感谢这个古今中外时空交错的世界,感谢鲁迅、洪应明、梭罗、海明威等等对这个世界有感情、有思考的人物和他们留下的文字,让我们沉潜、品味、思索,进而激发一种热爱、坚韧和达观。也要感谢邱勇这样的校长,为我们的学生推荐了一本人类共同精神旨归的书,当我们一旦捧读,进入书中,就忘记了作者、忘记了国籍、忘记了疆界……。

我们将来进入的一定是无界之界。

觉醒年代

最近，我看了电视剧《觉醒年代》的一些视频，觉得这部电视剧拍得好，基本还原了那个裂变时代的思想激荡，让人感觉到，马列主义的引进，中国共产党的诞生并不是一开始就显示出她的合理性、不可替代和领导力，而是在当时丰富多样的思潮的比较、斗争、融合中应运而生的。剧中人物展示得也比较像，没有因其思想是保守还是激进而有褒贬或偏向，给每个人物去演说和辩证自己学说和思想合理性的机会，最终是由历史来评判和选择。

"觉醒年代"是一个思想启蒙的年代，目前我们对这个时代的研究还远远不够。这个时代的思想启蒙的任务永远不会结束，恐怕还需要我们一代又一代人用心探索、觉悟。从人物来说，单是陈独秀就需要我们作更深入地研究。他的那篇《敬告青年》，诞生之日虽百有余年，今天我们依然需要深读切思。那就让我们垂记他立于此文中的六点要求吧。

自由的而非奴隶的；进步的而非保守的；进取的而非退隐的；世界的而非锁国的；实利的而非虚文的；科学的而非想象的。

此六点于今观照，过时吗？一点都不过时；虚空吗？一点都不虚空。仍犹黄钟大吕，不绝于耳。

中国力量

纵雄霸如魏武帝，处国家分崩离析之际，也只能用重宝从匈奴王手中换归蔡文姬；纵雄辩如顾维钧，处国家疲弱不振之时，也只能让山东从德国佬名下易手日本寇。

"无日无夜兮不思我乡土"，今华为副董孟晚舟羁縻加国三载终得归，期间虽波诡云谲，辗转反复，但最终的结果见证了我泱泱大国的不屈力量，"始争终让"的旧国外交已不复再，举国为之骄傲，为之鼓舞。当然国际舞台的角力仍作潜流和明流涌动，仍需要国人众志成城，助添凝聚中国力量，仍需要培育如当年顾维钧式的深谙国际规则的"国士"。巴黎和会失败的是北洋政府，而顾维钧作为代表在和会上极具专业水平的据理力争，滔滔雄辩，震惊四座，力压日方，还为当时的中方代表团挽回不少颜面，但弱国的外交命运在场外就注定了。

我们期待，不断厚植的国家实力，再加上加大培育的专业力量，一定能促成中国在国际舞台上纵横捭阖、长袖善舞、应付裕如。

致中和

起兴之所至，拿起书架一角的《四书五经》，随手翻到《中庸》的这段："天命之谓性，率性之谓道，修道之谓教。道也者，不可须臾离也，可离非道也。是故君子戒慎乎其所不睹，恐惧乎其所不闻。莫见乎隐，莫显乎微，故君子慎其独也。喜怒哀乐之未发，谓之中；发而皆中节，谓之和；中也者，天下之大本也；和也者，天下之达道也。致中和，天地位焉，万物育焉。"段旁页白处还有我以前不知天高地厚写下的批注。神清气爽下，再读这段文字，觉得古人的深沉睿智博大，今人有所不及，也觉得自己的批注有点浅薄，有负古人的见识和仁怀。

十几年前看过一篇文章，当中称周恩来为"伟大的中和者"，当时还不太理解，甚至认为是说周恩来善于调和折中。今天再读这段，觉得找到周恩来之"中和"的最好理解了，那是忠恕、克己、隐忍、内敛的"无我"和勤勉、体察、协调、担当的"有我"的完美融合。在我认为，写总理、评价总理的最好的文章还是《人民日报》前副总编梁衡的《大无大有周恩来》，"何方可化身千亿，一树梅花一放翁。"是什么能让总理化作身千亿，人人面前有总理呢？我想就是这伟大的"中和"吧！就是梁衡在他的文中悟出：总理这时时处处的"有"，原来是因为他那许许多多的"无"，那些最不该，最让人想不到、受不了的"无"啊！

我半生庸碌，自知读书太少，现在拾起书，回到古人那儿，有所悟中有虔敬，从《论语》到孔子之孙子思的《中庸》，再到《孟子》，往后等等，文脉不断、文化代兴，孕育出周恩来这样的"伟大中和者"也是水到渠成啊！我们的心在哪儿？根在哪儿？就在这文化和文脉中。《觉醒的年代》是近来播出的一部好的电视剧，他还原了五四前后、新文化运动时的思想交锋、文化博弈，还原了激进如陈独秀、李大钊、胡适、鲁迅者，也还原了保守如辜鸿铭、刘师培、林琴南者。但我们如果将辜鸿铭这样的学者简单理解为食古不化的"遗老""古董"，那就大错特错了。若论当时对西方文化的熟稔，辜可以说是并世无两。他出生马来西亚，父亲是华人，母亲是葡萄牙人，从小就接受西方教育，10岁时被英国人养父带到英国，接受严格的西式教育，是读《莎士比亚》《浮士德》长大的。精通九种语言，获得13个博士。二十来岁回到中国，接受并浸淫中国文化，反过来批评西方文化，捍卫中华文化，他在北大做教授时，遇到英国教师，会用英语抨击一通英国文化，遇到法国先生，会用法语抨击一通法国文化。哎！先生对中国文化的认同、热爱和极力捍卫，是基于对西方文化的深刻了解和对中西文化的深刻比较。相较之下，那些喝了点洋墨水、对西方文化一知半解，就据此批驳中国文化的人，是何其浅薄。做过帝师，"为一种文化所化"（陈寅恪语）而自沉昆明湖的王国维先生，也一样不是我们一般意义理解的"遗老"，静安先生早年对西方哲学和美学尤其是叔本华的哲学研究化用颇深啊！但他热爱的、痴心的、潜研的仍是中华文化，道不存，宁可"沉于湖"，陈寅恪为静安先生撰写的、静静躺在清华园的碑文，不妨读读，会有深切感悟、感喟！林琴南也不是排外的"古董"啊，一点外文不懂的他，最高成就竟然是翻译，依靠懂外文的助手的帮助，竟翻译了《茶花女》为代表的欧美小说百余种，一时洛阳纸贵，成为近代翻译大家。今天看来，以翻译的"信、达、雅"三种境界来衡量，林的译著又有几人能比呢？保守的他做成了一件中西文化融合的大美之事。

　　新文化运动时，那些主张学西方甚至全盘西化的激进派，哪个不是国学功底深厚，有颗中华文化的"文心"？"西化"不过是他们在闭关锁国的状态下，爱之切，恨之深，"矫枉过正"的一种策略。陈独秀反传统，晚年的他在江津潜心汉字研究，写了《小学识字教本》，据说当时国民党教育部长陈立夫拟拨款1万大洋出版，只不过要求将书名改个字，结果陈独秀坚决不同意而未能付梓。胡适一度专注于《水经注》的研究，读了鲁迅的《中国小说史略》，你会感受到他的文心所在。

纵观古今，历历可见，那些受中华文化所化之人，即使去国怀远，文化之"性"不会变，传承之"道"不会变。而能为一种文化所化，关键在于修道之教，关键在于"致中和"，唯其如此，才能承担起"为天地立心，为生民请命，为往圣继绝学，为万世开太平"的使命。

良工不示人以朴

中国有个成语叫"良工不示人以朴"。意思是技艺高超的人不会把尚未加工好的东西随便展示给别人。

最近,本年度的诺贝尔奖将陆续公布。周光召先生曾经在国内某知名高校演讲,他很开明,演讲结束后给出时间让学生自由发问,有学生提问,现在国内有些学者年纪轻轻,就著作等身,您是如何看待学术腐败问题的?周院长没有正面回答这个问题,而是讲了一个故事,他说,我知道的,国外有位大学教授,穷其一生就写了一篇论文,最后获得诺贝尔奖,试问这样的学者处在你们所说的环境下将置身何地?

陈岱孙先生是我国经济学的一代宗师,也是著名教育家,名气很大,但是著作却不多。陈先生对授课的讲义要求很高,讲义一遍又一遍地给学生讲,边讲边改,即使讲了好多年都还不甚满意,就是不同意拿出来出版。他的最著名的作品《从古典学派到马克思》,原本也只是一份在学生手里流传的讲义而已。先生如斯说:"治学如筑塔,基础须广大,然后层层堆建上去,将来总有合尖之一日,学经济学欲求专门深造,亦应先奠广基。"对照之下,我们今天的不少学者是不是有点急了呢?不谈"合尖",图纸刚出来,或塔身刚出土,就急于示人。先生自评:"我这辈子只做了一件事,教书。"看来,先生著述不多,也和他在"教书"上投入时间太多有关吧!这与我们现在诸多大学教授的时间分配大相径庭、大异其趣,随着时间的推移,其学术价值和公认度自然大不一样。

和岱孙先生一样，陈寅恪、金岳霖、张奚若等那一辈学贯中西的大家，在学术上似乎都特别自律，著作不多，但一旦呈现必为精品。张奚若先生是公认的研究政治学的大学者，又是教育家，建国后以民主党派身份担任过六年教育部长。先生治学极其严谨，不轻易出书发文，连他的好友金岳霖先生都说他学问很高，但著作有点少。但就是有限的几本著作和不多的论文，在当时产生了很大的影响，开创了中国政治学研究的先河。奚若先生提出："治学是要投资的，给一批人时间，叫他们去研究，即便这批人中间可能只有少数能真正有所贡献。"他曾在清华的毕业典礼上向学生提出三点意见："奋斗、续学、耐劳"，我看这"奋、续、耐"三字无不脱离了急功近利，体现了时间的沉淀、意志的坚韧和为学的艰辛，契合于先生的上一句话的要义。

据说乾隆特别喜欢写诗，写好的、感觉不错、示于臣下的不下于万首，可以想象，当时一定赢得一片喝彩，但今天能为大家记住的有一首吗？唐人张若虚写诗不多，流传下来的仅《春江花月夜》一首，却被认为是唐诗"开山之作"，被闻一多先生誉为"诗中的诗，顶峰上的顶峰"。

学术上有卓然成就的往往被称为"巨匠"，从这个意义上来看，学术追求是和工匠精神一脉相通的，因此，我们在向"诺贝尔奖"这样的科学高峰迈进的过程中，是不是还真得需要像陈岱孙、张奚若等等这样的"良工"，孜孜矻矻，兀兀穷年，不务虚名，一心向实，既致力研究，又哺育人才。如此，我们或许可能离诺贝尔奖越来越近，摘得更多桂冠。

真还是伪，良还是莠，历史是公正的，终会在大浪淘沙中应了杜甫的那首诗：王杨卢骆当时体，轻薄为文哂未休。尔曹身与名俱灭，不废江河万古流。终不会辜负那些良工、良医、良师、良相。

今又重阳

今日重阳，外面秋雨霏霏，浸着冷意，不由得想起宋人潘大临那开首而无续的独句诗：满城风雨近重阳。诗人是清贫的，又是有才情的。秋风秋雨的重阳前夕，闲卧中的诗人听得一城穿林风雨声，诗兴大发，欣然而起，挥笔写就这一妙句，而就在此时，催租人上门讨租，诗人一下子兴致全无，再也续不上好句，故此句成为绝笔，后不断有诗人尝试补上，但大都没有摆脱悲秋伤怀思乡的老套，萧瑟了一点，颓唐了一点，充其量是高鹗续《红楼梦》的水平，甚至更多不如。

读读写重阳的许多诗词，若论格调境界，让我来推，还是毛泽东的《采桑子·重阳》最好，冠绝古今，无人能及，不得不服。原词呈现如下：人生易老天难老，岁岁重阳。今又重阳，战地黄花分外香。一年一度秋风劲，不似春光，胜似春光，寥廓江天万里霜。

像这样的词，不需要去解读，你试着大声读两遍，会感受到这就是毛泽东的风格、气度，昂扬的，向上的，乐观的，也是浪漫的，大气磅礴，贯穿他"刀光剑影波折万千转"的一生。要知道写这首词是在1929年的重阳节，那时还是革命大业草创艰难的时候，而在这个时点上的毛泽东因党内斗争，刚刚离开红军主要领导的位置。这是毛泽东遭遇的一次重大挫折，但他没有消沉，仍保持对一生赖以奋斗的事业的一种高度的信心、关注、热情和作为，他去调研，去思考，去匡正，因而在上杭的那个重阳节，面对满山的野菊花，他再一次让"万类霜天竞自由"的激情勃发。试以同样的重阳诗作,北宋晏几道的"欲将沉醉换悲凉,清歌莫断肠",南宋韩淲的"从来野色供吟兴,是处秋光合断肠",何可同日而语。读此词,会对二十年后的"天若有情天亦老,人间正道是沧桑",有更深刻的印证和感慨!

战争是要流血的,是残酷的,但血与火的洗礼中,仍不乏对和平之花的美好追求。那是毛泽东眼睛看到的、状之笔下的分外香的"战地黄花";那是"风里浪里把花开"的珊瑚树花;那是"岭上开遍哟映山红";那是茹志鹃笔下的那个小战士,在枪筒上插着的野菊花,和他牺牲后,身上盖着的枣红底色被子上洒满的白百合花,那个故事的时间是1946的秋天。还记着电影《大决战》之《辽沈战役》的那个镜头吗?那个坚守阵地的小战士在他倒下的那一瞬,他的脖子上围着的农妇送给他的红围巾飘向蓝天,映红天空。辽沈战役的时间在秋季。"萧瑟秋风今又是,换了人间",今又重阳,我们是否还记得那人、那花、那一片红?

又是秋天,那是1952年9月,宋时轮将军带着他的第9兵团从朝鲜回国。在汽车到达鸭绿江边的时候,将军下车,面向长津湖方向,脱帽弯腰,深深鞠躬,伫立良久。当将军抬起头来时,警卫员看到他泪流满面。身经百战的将军此时此刻的心情一定是复杂的,缅怀、悲悼、痛惜、崇敬等等。但这段历史也一定不是一部电影所能完全表达的,当然,这部电影已经作了一个震撼人心的演绎和表达,让很多人流下热泪,记住长津湖,记住那些为国捐躯、长眠异国的勇士!

今又重阳,我们人类仍在为消弭战火、"待到重阳日,还来就菊花"而不懈努力!

三联书缘

今天偶读鲁迅先生的一篇文章《新秋杂识》，其中有一段话：经济的凋敝，使出版界不肯印行大部的学术、文艺书籍，不是教科书，便是儿童书，黄河决口似的向孩子们滚过去……

我看教育的价值取向发生改变也在影响出版和书店的运营方向。九十年代，我在南京读大学时，经常逛三联书店，即使不买书，进去翻翻书，也是莫大的享受。那是一个有历史渊源、人文气息浓厚的书店，遍布各个城市。我相信很多读书人的记忆深处一定有属于你的三联书店，彼此结下"不解书缘"。

毕业后回到家乡的城市工作，我依然对逛三联书店保持着持久的兴趣。市区的三联书店最早开在大治路上，后在交通路书城又开了一家。那时的三联书店，还是很"人文"的，书的品味和档次在我看来是独树一帜的，当时在店里是看不到有学科辅导的书的，在那个有着书卷气息的店主看来，进这类书是降低三联书店的身价。彼时我工作了，有了"薪水"，会省出一些钱来买书，多买的是平装本，不仅是钱的因素，也是我对平装本书的感觉一直好于精装本，觉得它们朴素的外表才是传承文脉的最好形式。

因为看书、买书，慢慢地和书店的老板熟了，我会请他帮我订购一些书，有时也会和他聊聊一些书。他懂得很多，选书的感觉很好，品味也高，因此书店里始终保持那些传统的、永不过时的"珍藏本"，也有紧跟时代的"畅销书"。那时店里还有桌子和椅子，可以坐下来看看书，有茶叶和开水，都是免费自取的，简朴而温馨。

后来的变化是一点一点的。社会在变化，学校和家长对作为学生的"学习"越来越比我们那个时候重视，辅导书的地位越来越高，那些人文类的书籍慢慢沦落到"闲书"的位置。书城的若干书店应运而生，主要销售的就是辅导类书，也挣得盆满钵满。这时的三联书店就有点不适时、不应景、曲高和寡了。纵是老板"清高"，但也抗不住效益下滑乃至于亏损的压力。于是老板不得不应时而变了。先是在书城开分店，后干脆就关了大治路的那个独立一隅的店。那个独树一帜的三联书店，终于置身于鳞次栉比的学辅书店一条街中了。后来，我还是会到新的三联书店中，还是看或买那些平装本的书，还是会和那个文气的老板聊书，这时已能感到他的一些无奈和焦虑，也看到他开始在一角后来是一大块区域卖学辅类书了。店里也没了免费的茶水和可以坐下来看书的桌椅，倒是在门口吧台有卖饮料和热狗的。唯一觉得温馨的是，你买人文类的书，店员还会给你一些三联书店特有的精致的书签。后来我到三联书店越来越少了，主要是那个曾经的让我沉浸其中的氛围越来越淡了，而如果纯从购书的角度看，现在从网上购书是既便宜又快捷，何乐不为呢？那个曾经爱读书、喜欢逛"三联"的我也很现实啊！那个简朴温馨的三联书店已只存在于我的记忆中了。

这两年在市区花漾城中出现一个新的名字叫"知行空间"的书店，据说是本地高校的一位教授负责运营的，我去过几次，感觉不错。大隐隐于市，这个书店虽处闹市区、商城中，但书店里的布置格调、书目品类、服务方式，都觉得是一位有高尚情趣和品位的读书人在构思、策划和分享。店里经常会搞新书推荐，也会有些和读书相关的活动。从那里我依稀又看到那个逝去的三联书店的影子。

我们中国人在很长一段时间内，视读书为谋生和猎取功名的手段，也就有了"著书只为稻粱谋"，"书中自有黄金屋、书中自有颜如玉"（宋真宗语）这种功利性的读书取向，至今仍影响着很多人。我还是认为，读书除了获取知识外，是一种心性取向、生活方式，是我最近喜欢阅读的作家赫尔曼·黑塞，在他的每本书的扉页上写下的这句话：世界上任何书籍都不能带给你好运，但它们能让你悄悄成为你自己。

波动清涟濯月心

最近与莎翁相伴，不经意看到罗密欧在那个月光之夜的深情表白：晚上没有你的光，我只有一千次的心伤！恋爱的人去赴他情人的约会，像一个放学归来的儿童；可是当他和情人分别的时候，却像上学去一般满脸懊丧。

莎翁的这个形容于今日已不甚恰切了，放学归来的儿童真得高兴吗？当我们给他们作出这样那样安排，让他们本可自找乐趣的时光被作业本、辅导班慢慢挤满的时候，孩子们倦怠的神情已给了我们一脸的困惑。"儿童散学归来早，忙趁东风放纸鸢。"那是属于我们那个童年时代的美好记忆了，尽管那时还清贫。

虽已入冬，但今晚月挂中天，清辉朗照，清江浦、里运河、文庙依然灯火阑珊，辉映成趣，而在这月下或唱或奏或舞或步的人群中，大都是中年人、老年人，孩子和年青人很少，似乎这月这景单单是为成年人布设的。但我还是觉得，没有了孩子、没有青年人在这溶溶月色中嬉戏、漫步，这月这景失去了一些灵性和情趣，不够"撩人"，也未见别样多姿。

我总是喜欢驻足国师塔旁的尊胜阁，特别欣赏阁前的两副对联，一副是：风摇金缕垂纶意，波动清涟濯月心；另一副是：放生情似三河水，增寿人如五岳松。春江月夜，风摇波动，月色如洗，摇曳生姿，心为之动，不临此境，怎能有此细腻入微的感受和描摹呢？此时此地此景，竟一下子让我对近来一直揣摩的、汤一介先生的"天人合一、知行合一、情景合一"的"垂纶意"，有了如月当空、照彻心房的明悟。没有体验体用就没有体味体悟。

转移时空，回到八十年代中期，那时我还是12岁的少年，家在白马湖边的农村。家里日子好了，张罗着盖大瓦房，能干的父亲拉了三条船，喊上亲戚邻居帮忙一起到河东去挖沙石块做地基，我也欢天喜地地跟了去凑热闹。记着三条船满载回航的时候，天色已黑，还是和来时一样要穿过白马湖。当时，跟着大人后面蹦蹦颠颠忙了一天的我，在船舱中睡着了，突然一个激灵醒来，于是将头探出舱口。时值中秋，只见当空一轮明月，清辉洒在清凌凌的湖水上，有丝丝的凉意，撑篙的划水声似乎增添了一种寂静，远处的渔火和连绵的岸，让人感到回家的温暖和希望！此后，我人生的步履不管如何匆匆，不管是顺境还是逆境，总在心头存着那夜回航时的那轮秋月，如影随形，挥之不去，伴我前行。

最好的"月"不在诗本中，不在画卷中，而是在李白的"我歌月徘徊，我舞影零乱"的月下独酌中，是在卞之琳推开书窗的那一刻，"你站在桥上看风景，看风景的人在楼上看你。明月装饰了你的窗子，你装饰了别人的梦。"其美难以言状！

"放生情似=河水"，鱼儿终究不是"池中之物"，将它们从庙里的"放生池"中取出，放到千年川流不息、千里烟波浩渺的运河中吧，鱼翔浅底，那将是怎样的生趣和大美？

走出文庙，回家的路上，苍穹之上，依然是一轮圆月朗照。经过一所初中的时候，看到校门两边延伸有1里多路，是推着电动车、静候孩子晚自修下课的家长。此时，我理解文庙的月色下没有孩子们的原因了。但月还是这月，不能辜负，当走出教室、一身疲乏的孩子们坐在我们车后的时候，父母们可以提醒他们仰望一下，今晚月色朗照，有多美！

和着这今晚的月，想来还是康德的感受至真至善至美，"世界上唯有两样东西深深震撼我们的心灵，一是我们头顶上灿烂的星空，一是我们内心崇高的道德法则"。

没有自然的外照，就难有"濯月心"的内照！

教育需要安静、持续、科学

办好教育,我有三点心得,在此不揣浅陋说出来。

一是要有点"安静无为"的思想。"无为"不是不作为,而是少折腾。现在学校被外部牵扯的精力太多,是不是有点学校之不大,已容不下一张安静的课桌的感觉。前不久看到一篇文章,题目叫《教师需要安静,学校需要安定,教育需要安宁》,切中现实,有感而发,值得我们抓教育的和搞教育的看一看。

二是要有点"萧规曹随"的定力。一类教育、一所学校的成长成熟,那是一代又一代人接续努力传承的结果。回顾既往,我们是不是走了一些弯路?比如大学建设,建国后,我们学苏联模式,搞专而又专,包括清华在内的一大批发展得很好的综合性大学的一些专业被剥离出来,搞专科学校。等到改革开放,又转过来学美国,搞大而又大,合并成为一时之风,一大批已发展成熟,颇有特色的专科院校被合并、稀释。职业教育也有这种现象,八九十年代,中专的行业系统办学很完备。就我们淮安而言,粮食系统有粮校,供销系统有供销学校,电子系统有电子学校,等等,行业积极性高,人才培养有针对性,学生去向也好,后来统归教育管理,行业办学的优势没了,职业性被弱化。我想,如果我们能循着当年行业办学走下去,现代学徒制的培养模式可能早就建起来了,而不是现在到处向国外学,从试点做起。想一想,我们办学路上还做了哪些"捡了芝麻丢了西瓜"的事情?

三是要有点科学严谨的精神。这两天偶然看到电视剧《康熙王朝》中"收复台湾"的一段视频,康熙收复心切,姚启圣也顶不住了,要求水师大将施琅8月底前完成攻台任务,施琅偏不理会,必须要等到风信来了才能出击,事实证明施琅的决策是对的。施琅是专业的,这些人更关注事实本身,按科学规律办。办好职业教育,真得要弱化行政主导的思维,尊重一线的专家、教师们的智慧和创造。

且行且思

宽容则个

读《红楼梦》，确如蒋勋所说，"处处是慈悲，处处是宽容"。而这种"宽容"往往体现在细节上。如第十九回，跟着宝玉的小厮茗烟和宁国府的一个小丫鬟正在做"青春冲动"的事情，被宝玉一头撞着，两人吓得"抖衣而颤"。而这时的宝玉则显出他一贯的宽容和怜惜，书中是这样写道："宝玉跺脚道：'还不快跑！'一语提醒了那丫头，飞也似去了。"因为宝玉知道，这种事如被府中发现，这个丫鬟怕活不成。而细腻生动处还在后面，"宝玉又赶出去，叫道：'你别怕，我是不告诉人的'"。宝玉怕这个丫鬟事后害怕而想不开自杀，又跟上去叮了一句。要我说，《红楼梦》的伟大就在这些细节中，细读慢品，这样的细节还有很多，如第四十一回妙玉嫌脏，要让人扔掉刘姥姥喝过的那个成窑杯子，而宝玉笑嘻嘻地向妙玉要了这杯子，并叮嘱丫头临走时送给刘姥姥。宝玉温润，有佛性，待人平等，时时宽容，处处怜取。我想，在人性的成长上，《红楼梦》所给我们的最大福报就是"宽容"，一如蒋勋所言：阅读《红楼梦》的过程，是学习"宽容"的过程。

《宽容》一书的作者房龙说过：所有不宽容的根源，都是恐惧。我把这句话倒过来思考，我们要消除恐惧、猜忌和敌视，和谐共生，"宽容"恐怕是最好的良药。当下，疫情汹汹，人人自危，唯有抱团，方能取暖，唯有宽容，才能共济。前不久，苏州这个"人间天堂"之地就做了个温心暖人的示范。上月底，上海确诊三位阳性女性，而这三位女性之前有过一个美丽的苏州之旅，涉足多个景点和场馆，为此苏州不得不采取封馆措施，但出乎所料的是，成为"受害者"的苏州没有想象中的那样抱怨连连、啧啧有声，而是在《姑苏晚报》发了一篇标题为《待无恙，君再来，访苏州，探江南》的文章，篇尾以一座城市的名义，十分深情地邀请三位女士，等身体恢复，欢迎再来，"苏州想说：请原谅我的迷人，这三位姑娘的行程，无意间成为一次江南文化的推广之旅，她们所到之处也都是苏州的魅力之处，等疫情过后欢迎大家再来苏州感受江南文化"。这样的表白不也温馨？在疫情笼罩下、寒风袭来时，不也是一股宽容、互爱的清流、暖流？上海也很快在《新民晚报》上发出《待无恙，定再来！》的温暖回应，彼此的宽容、释放善意，才是阻疫的最大能量、最坚屏障，才能最终赢得"度尽劫波兄弟在""还作江南会"。而前几天网上视频爆出某地城管不分青红皂白，强行将占道卖甘蔗的老人的甘蔗拿上车，扬长而去，老人站在寒风中号啕大哭。这样的"执法"缺少人性，不够宽容。尽管当地有关部门对此作出处理并声明，但"老人寒风中号哭"的那一幕留下的阴影和伤害不是短时间内能抹去的。一座城市的文明不是靠断喝、罚单、强制创出来的，而共建、帮助、提醒、说服才是善道，一座文明的城市首先是一座宽容的城市。

一位得道的高僧曾给朱元璋一个偈子：大千世界浩茫茫，收拾都将一袋装。毕竟有收还有放，放宽些子有何妨？

和谐社会，宽容则个。

且行且思

无名面馆

今儿是圣诞节，一早我到淮安区有事，时间还来得及，便和朋友相约到一家慕名已久的面馆吃面条。说是慕名，实际上这个面馆压根就没有名字，是不是老板有点懒，亦或无心把它做大，小本经营而已，无名也罢。

今天特别地冷，我们是接近八点冒着瑟瑟寒风来到面馆的。面馆在人民桥下，里运河东河堤。从外面看，也不像个饭店，钢瓦结构的不大的房子，进去一看，总共三间房，外间小一点是操作间，里面一大一小的是吃面条的地方了。我数了一下，里里外外总共八张或四方或长条的桌子。热气腾腾的操作间里，一男三女，都有了年纪，分工很清楚的样子，有煮面条的，有洗菜切菜的，有炒菜的，还有一个收银兼端盘的，都忙乎着。操作间里的配好的备用的各样食材整整齐齐地放在台面上，看上去清清爽爽。

这时，店里已陆陆续续坐满了客人。我和朋友坐下来，分别点了腰花面和肥肠面。很快就端上来，在腾腾热气中，先喝口热汤，再挑起面条和菜入口，顿觉一股暖气散往全身，驱散了刚才的寒冷。这时开始尝尝这慕名已久的面条。面条是中宽的，不厚，入口爽滑，不是加了胶、刻意形成劲道的那种面条，也不是我一向不喜欢的碱重的杠子面。面菜也不显杂，青椒、蒜黄等不多的几种，油也不重。我尝了一下菜中的腰花，脆嫩爽口，选用的腰花当是比较新鲜的，炒的火候也好。看来为尝这口面条，真是慕名而来，此店虽无名，倒也名不虚传啊！

再问一问，又知道这房子是店主自家的，一开始也就是做点面条，招揽点附近的熟客，不曾想做得好了，一传十，十传百，不仅附近的人常来吃，也引得我们这些远一点的"食客"也来光顾。生意好了，主人家竟一直没起个响亮的店名，也没有扩大店面，他的朴素的想法是：客人来不来，是因为你面条做得好不好，有没有名字不重要，店面大了，人手跟不上，面条质量会下滑，反而影响生意。时间长了，没名字反而成了它的一个特色。吃完面条回去，在车中我看到往河下去的街道两边有好几个面馆，都有名字，比如有个叫"尝乐面馆"，等等。我在想，不正是有了这些有名无名的泛众的面馆，才营造出这古城小镇生生不息的烟火气。

这些静静立于城市一隅、不事张扬的面馆自有其存在的价值，不需要网红、不需要带货主播，甚至不需要一个名字，他们多少年还是相信和坚守的是"酒香不怕巷子深"的经营之道，而这正是城市化进程中正慢慢失去而需要挽救的"商道"。待有日，我还会呼朋引伴来这个无名面馆，希望还是这店容，还是这面条，有些东西任时光发酵，氤氲在岁月中是不需要变化的。

且行且思

不负如来不负卿

"世间安得双全法,不负如来不负卿。"我看仓央嘉措的这诗已写尽了那种委婉深致的感情。还有李商隐的"何当共剪西窗烛,却话巴山夜雨时。"都是极品,今天我们没有任何人能用任何方式表达出这份感情。若不信,你找找看。

中午,我一口气读完《红楼梦》第二十九回:享福人福深还祷福,痴情女情重愈斟情。又读完蒋勋对这回的解读。心为之揉碎,碎了又揉,即兴在旁白处写下两句:文苑之绝唱,无韵之离骚。我认为曹雪芹之后再无曹雪芹。有一种细腻深沉的感情,她是要历经"西风残照,汉家陵阙"的大轮回、大悲凉,方能演绎出这怀金悼玉的《红楼梦》。毛泽东说,中国除了有部《红楼梦》,没有什么值得骄傲的。而这样的骄傲还会有吗?未经大悲痛,未达大自在,则《红楼梦》后再无《红楼梦》。

读过陀思妥耶夫斯基的《卡拉马佐夫兄弟》等作品,你会爱不释手,你会有这样的感觉,从更深沉的一面看,他超越托尔斯泰;于我们,不客气讲,叹为观止,望尘莫及。上个世纪80年代,有潜质的接近于陀的气质的作家也有几个,其中最接近的当属张贤亮,如他的《绿化树》《男人的一半是女人》。可惜,他后来想用商业来从另一个渠道上证明自己,证明自己身上确实有他父辈的资产阶级的血统,尽管确实也成功了。10 年前我到过他的西部影视城，记得里面有个家具收藏馆，每套都价值百万以上。但作家的张贤亮渐渐淡出了，2014 年又永远离开我们。张贤亮祖籍盱眙，算是我们值得骄傲的乡人。令人叹息的是，他后来的转型，不也是"不负如来不负卿"的两难和难以割舍吗？而很多人的人生不也如此吗？

且行且思

宦读人生

我一直喜欢读李书磊的文章,最近看他的文集《说什么激进》,其中有一篇叫《哈佛一斑》,觉得对美国文化的评价见仁见智,摘录其中一段文字如下:

> ……美国的白人主流社会在种族与文化上有着明显的优越感,这种优越感不仅针对黑人,而且针对其他民族与文化。同班上的白人同学交谈,他们屡屡问起为什么中国不如何如何,语气中似有讶异与悲悯。他们认为美国的制度与文化是最好的,因而不理解其他国家为何不起而效之。这种盛气凌人的优越感常常到了面目可憎的程度。我发现主流美国人对不同的社会经济状况以及由此引发的不同的制度安排缺少了解、理解与同情,他们可以走遍世界而不见世面,掌握许多资讯手段而没有知识。他们以美国标准去衡量世界,头脑上也称得上是僵化了。

这篇文章网上搜不到,我是对着书一个字一个字敲下这段文字的。李书磊是现任中央党校常务副校长,之前是中纪委副书记,他十四岁考进北大,一时有"北大神童"之誉。但他没有被少年早成所沉醉,在后来的求学和为官路上一直走得很坚实。

这篇文章写于他1999年参加国家派出的高级行政干部哈佛研修班

学习时。20年前的这段文字，理性而思辨，不卑不亢，比起现如今的一些愤青们对欧美的挞伐和批驳，我看似乎要高明许多。90年代，我就对作为学人的李书磊很佩服，他有很好的文字，思想也敏锐。好像那时在《中国青年报》上会不时看到他的文章，就觉得有一股清流，与众不同，给人启发，催人思进。后来他官越做越大，做过中央党校副校长、省委宣传部长、中纪委领导，再回中央党校主持日常工作，一路走来，读书不辍，学者的本质和气质并没有太大改变。不妨读读他的《宦读人生》，会对他如何处理做官和读书有深切的了解。

把"学术范"和"政治范"结合得很好，如李书磊，并不多见。如果从一个时代来整体观照，回顾历史，我认为这方面做得好的，当属宋朝。其时，文人地位的极大提高，门阀制度被弱化，读书和仕进有机结合，一时士林活力大增，相沿不衰，出了一大批如欧阳修、范仲淹、王安石、"三苏"、司马光、朱熹等等，既深怀绝学、淹贯古今，又峨冠博带、化治天下的文人能臣，真可谓"彬彬之盛，大备于时"。我翻过宋史，了解范仲淹做过谏议大夫，相当于现在的中纪委领导，做得很出色，敢于直言进谏，监督有司，澄清吏治，功不可没。因此，陈寅恪先生的评价是准确的：华夏民族之文化，历数千载之演进，造极于赵宋之世，后渐衰微，终必复振。

李书磊感言：不管做多大的官，不读书便不过是一介俗吏。他还说：做了官读书才是一种雅兴，一种大性情，一种真修炼。诚若李书磊所言，若能有更多的读好书做好官的官员执掌国家机枢，则中华文化会如寅恪先生所期待"终必复振"，而总书记寄言民族复兴之伟业必将图成。

且行且思

也谈足球

若说对足球的关注,我也曾经算是个球迷呢。那是上个世纪 80 年代末至 90 年代,我上大学和毕业后工作的一段时期。我至今仍认为那个时期是世界足球最有活力也最有魅力的一段时期,给了我们这样的球迷很多的快乐。什么"意大利之夏""丰田杯""荷兰三剑客",多少足坛"风云人物"上演多少"巅峰对决"。当然最惹人注目的无疑还是马拉多纳,我上大学时,宿舍靠床墙壁上贴的就是他带球过人的宣传画,不过是香港拍的,粤语翻译的名字叫"马勒当拿","少年心事当拿云",这个译名实际是很有气势的,我喜欢。

八九十年代的中国足球正处于国门开放后的发愤期、成长期,实力在亚洲并不弱,和西亚球队都有得打。那时候让亿万球迷痛心的"5·19",连续的"黑色三分钟",都是在场面不输甚至占优情况下发挥失常的"功亏一篑",不是实力问题。哪像后来到现在,常常被动挨打,早早输得只剩理论出线机会,直至彻底没机会。那时候对国足的批评也是铺天盖地,但那种批评就好像这孩子平时成绩还不错,在大考时心理失常惜败而挨批。而现在的批评则更多是"怒其不争",实际平时表现已露败相,有若鱼腩。

回想那个时候的足球,还没有真正意义上的联赛,队员头脑中市场化的东西少,场上的拼劲和专注力都不错,脚底下也比较"干净"。而这主要得益于当时有一批把国家荣誉放在心中、专业素质和敬业精神都不错的教练，他们中像年维泗、曾雪麟、张宏根等，在50年代时，国家在经济困难的情况下，用大米代替学费送他们到足球强国匈牙利去"留学"，他们不负重托，带回了很好的足球精神、理念、素养和技术，等到80年代他们由当年的运动员成为中国足球掌门、教头的时候，确实给国足不少好的传承，可惜这些传承没有在后来的足球市场化中"传"下去。在一次又一次的失败和挽救中，我们不断强化那些用面子和金钱构筑起来的功利化的东西，而不断偏离和弱化的是对足球精神和足球规律的认知和践行，因而4年一个轮回的世界杯，就成了国足"西西弗斯"的悲情上演。

男足输到如今这样一种山穷水尽、颜面丢尽、不能再输的程度，是对"功利足球"的最好注脚、沉重一击，如果这个时候我们还不深自反省，还把足球的命运和工作重点系于下一个世界杯，则中国足球将彻底陷于无望和宿命。建议我们足协陈戌源主席不要再去过多关注和督战具体的比赛了，即使女足亚洲杯为国足挽回了一些颜面，但掩盖不了中国足球整体下滑探底的事实。能否沉下心来，回过头来，为足球作长远计，真正组织一次全国范围的足球大调研、大反思，全面准确剖析足球发展存在的问题，拿出一个真正有利于中国足球长远发展、持续发展、健康发展的制度设计和行动方案。当中尤其要关注一下，我们的中小学配置标准化足球场的数量、学生参与足球运动的比例，有多少学生了解贝利、马拉多纳？有一所足球基础不错的中学校长曾无奈地对我说，我们每次代表县里参赛，都要求队员不要太投入，以免受伤，成绩不重要，也没有多少人关注，一受伤，家长找到学校，各种索赔很麻烦，因此就是参与而已。有一位市体育局的领导对我说，现在三大球水平为什么上不去，因为投入大，但出成绩不容易，还不如搞个人项目。我看这些都是制约足球发展的最现实的问题。

目前，偌大中国青少年注册球员只有5万左右，而日本有70多万。看了这一数字的对比，你就不难理解，前几天世预赛日本2∶0完胜中国队的场面，我们在技术、战术、意志、意识、配合、精神领袖等方面已全面落败。而我知道的，80年代和90年代前期，日本队对中国队可是俯首称臣的，当年高丰文带领的中国国奥队就是在东京2：0战胜日本队后，第一次闯入奥运会。三十年河东又河西，只能说明人家进步了，我们落后了，落后了就要被人追着打，没脾气！有时我也理解我们的球员，你说站到这个场上，他们不想赢吗？他们不努力吗？但是他们所接受的训练和环境的熏陶，所赋予他们的就是那样一种临场的战斗力、阅读比赛的能力和机变力，也就只能是这样一种结果。就像一个平时成绩很一般的学生，你让他在高考中有超常发挥，是不太可能的。还是要面对现实，从基础抓起，从青少年抓起，从联赛质量抓起。我们并不需要"归化"球员。

我们有时还是要回到足球看足球，无论是溯源到产生于英国的现代足球，还是溯源到出现于中国北宋的蹴鞠，它本来就是个娱乐身心的运动。高俅本为小吏，踢得一脚好蹴鞠，得到宋徽宗的喜欢而重用，当然高俅一开始一定是因为喜欢这个运动而练得好，绝没想到依此能得升太尉，中国足球也没有因"一人得道"而得到普及。贝利、马拉多纳这样的球王，都是从小就痴迷足球，没有足球用布裹成球来踢，依然乐此不疲。我觉得不要让我们的足球背负上那么多沉重的东西，它就是一项运动，一项既注重个人能力也讲究集体配合的有趣的运动，给孩子们时间，给他们一片绿茵，让他们尽情自由挥洒驰骋，我相信，我们的土壤上，也一定会产生"马勒当拿"。

我依然清晰记得1990年"意大利之夏"，那个最后决战中输给德国、泪流满面的马拉多纳！